图书在版编目（CIP）数据

双椿集 / 卫洪平著 . — 太原 : 北岳文艺出版社，2019.1

（格致文库）

ISBN 978-7-5378-5749-9

Ⅰ . ①双… Ⅱ . ①卫… Ⅲ . ①散文集—中国—当代 Ⅳ . ① I267

中国版本图书馆 CIP 数据核字（2018）第 250058 号

书　　名：双椿集
著　　者：卫洪平
责任编辑：关志英
书籍设计：鸿儒文轩 · 书心瞬意

出版发行：山西出版传媒集团 · 北岳文艺出版社
地　　址：山西省太原市并州南路 57 号
邮　　编：030012
电　　话：0351-5628696（发行部）
　　　　　0351-5628688（总编室）
网　　址：http://www.bywy.com
E - mail：bywycbs@163.com
经 销 商：新华书店
印刷装订：北京中华儿女印刷厂

开　　本：787mm × 1092mm　　1/32
字　　数：134 千字
印　　张：7.875
版　　次：2019 年 3 月第 2 版
印　　次：2019 年 3 月北京第 1 次印刷
书　　号：ISBN 978-7-5378-5749-9
定　　价：48.00 元

目录

第一辑

第二辑

第三辑

第一辑

张瑞玑其人

去年下半年，“西安发现《孙武兵法》八十二篇”的消息，被国内多家新闻媒体炒得沸沸扬扬，成为社会各界关注的一个热点。学术界考辨其真伪的文章也屡见报端。12 月 21 日《文汇读书周报》在显著位置摘发《中国文物报》记者采访几位著名专家、学者的报道，指出“所谓《孙武兵法》八十二篇纯系近人伪造的低劣赝品”，呼吁有关部门彻底澄清事实真相。相信这段公案终有一天会大白于天下的。当此真相未明之际，笔者迫切想要告诉读者的是，那位不幸——或者也可以说是“有幸”——被牵入这段公案的“晋陕名人”张瑞玑先生其人其事。

鼓楼遗靴

1908 年初春，在陕西韩城当了近两年知县的张瑞玑，奉调将到兴平。正束装待发，听见一阵杂沓的脚步声，从外面进来十几个认识和不认识的乡民。为首的那位胸前捧着一双崭新的靴子。

张瑞玑两只大眼睛疑惑地看着他们。

捧靴子的那位说，乡民们感戴“张大老爷”两年来的恩德，专门赶制了这双新靴，务请“张大老爷”临走前穿上，把换下的旧靴留给他们作个纪念。张瑞玑拗不过眼前这些憨直忠恳的乡民，但他到底也不明白，乡民们将怎样搁存他这双旧靴子。

到兴平不久，张瑞玑就听人说，他那双旧靴子已被陈列在韩城中心的鼓楼上，供人瞻仰，靴上标有“知县张瑞玑之遗靴”的字样。

这一年，张瑞玑三十六岁。

关于这段佳话，现存张瑞玑几百篇诗文中只字未提。但据其外孙王作霖先生的记述，80年代中期，他拜访过考古文物专家、陕西省文物保管委员会委员贺梓诚先生，了解先外祖张瑞玑的生平事迹。贺老先生年近八十，韩城人，少年时他曾亲眼见过陈列在城中鼓楼上的张瑞玑“遗靴”。

王作霖先生把韩城乡民这种情感化的纪念方式归结为传统的“怀念清官”，当然是对的。但笔者认为这远远不够。是的，张瑞玑以进士出身宦秦十年，先后在韩城、兴平、长安、临潼、咸宁五县当过知县，“奔忙酬应汗如雨”，清廉之名彰三秦，

《兴平县志》称他“天才卓越，双目炯炯，豪于文，廉于吏，不避权贵，敢作敢为”，确是的评。然而，我们应该记得，张瑞玑生活于“清末及民国初期”，其时天下风气大开，新思潮接踵而至，新观念不胫而走。张瑞玑长梁启超一岁，虽不像梁氏那样笔底风雷，声震天下，但从其遗存的诗文中彰显的性格魅力和人生走向看，这位“披我两千余年旧历史，一读一哭泪滂滂”的张老衡先生，实在不愧是一位得风气之先，以启发民智、唤醒睡国为己任且躬身力行的前驱，绝不同于那些一味在俸禄中因循承命的官吏。

如此，则那双陈列于韩城鼓楼上的“知县张瑞玑之遗靴”，就不是“怀念清官”四字可以了断的了。

张瑞玑（1872—1928），字衡玉，号□窟野人，晚年人皆以老衡称之，山西赵城（现洪洞县赵城镇）人。祖上“业儒，而穷者数世矣”。其父张灿六先生“以老宿讲授乡里，资修脯养家”。张瑞玑十七岁丧父，在他人生道路的起点上产生重要影响的有两个人。

一位是“井臼亲操，内治井然”的母亲。张瑞玑少时天才卓异，二十二岁即轻取秋闱，中了举人。榜发后回到家里，自得之情溢于言表。这本来也是常情，不想却被端淑温厉的母亲浇了一头冷水："汝祖及父以笃学能文，落拓终身。今不学而幸获，吾为汝愧死矣。"说完，母亲哭了起来，一旁侍立的张瑞玑"亦惭泣不已"（《先妣王太夫人墓志铭》）。

另一位是他的异母兄张瑞璜（字渭玉）。《先兄张渭玉墓志铭》写道："瑞玑于学问稍窥门径自兄始也。"父亲亡故后，这位比张瑞玑大二十岁的长兄"终日危坐"，以一肩之力承担着家中万事之艰。他不光是张瑞玑学问上的引路人，更是其人生道路上的护持者："玑年十八，放纵疏狂。才无绳墨，口有雌黄。兄为裁抑，纳之轨道，如调飞驹，如笼飞鹞。"这些记述大体可以使我们看到张瑞玑青少年时期的面影。

1903年，三十一岁的张瑞玑中进士，从此开始了他"宦秦十年"的生涯。

研究近代文化史的学者认为，甲午之后，风雷激荡，风气大开。这种局面同学堂、学会、报纸这三种传播媒介的出现关系极大。张瑞玑曾经受惠于这些传播媒介，深知它们是启蒙的利器。因此在陕近十年，知县张瑞玑于断案决狱之外，对兴办新型学堂、学会和报纸，始终倾注极大的热情，而且在其职权范围内不遗余力而为之。

兴办新型学堂。1906年春天，张瑞玑出任韩城县令。到任后，"日以振兴学堂为急务"。因为在他看来，当时的学堂"有不得不急为变通者，有不得不力为推广者”。所谓“变通”主要有三个方面：首先是“变通”旧日学堂的建筑。张瑞玑用半年时间，将前任王知县草创的高等小学堂，从狭隘不堪、连操场也没有的地方，迁到县署东边的龙门书院。并修筑了操场、内操室、游息所、农桑实习场。次则“变通”学堂的经费管理章程，使学堂购置书籍、图器以及岁修杂费等所需款项，都能按时足额到位，“不至告绌”。第三是“变通”教授管理章程，使监学者各专其责，教员们各分门类，做到科学不紊，钟点无差。所谓“推广”，则是针对“唯初等小学堂，乡镇寥寥无几”的现状，在各乡镇建立初等小学堂，也就是搞普及教育。

这里特别值得一提的是，张瑞玑为了解决各乡镇小学堂的师资问题，还在县城高等小学堂内附设了一处师范传习所，分常年传习和暂时传习两个班。常年传习班类似现在的正规师范，旨在“造就各乡师资”。暂时传习班一星期听一次课，类似现在的在职教师培训班或教师进修学校，主要对各乡村已有的教员、私塾教师进行培训。高等小学堂内还附设了一所初等小学堂，“使各师范生轮班讲授，以资实验”。不知道这个师范传习所是不是中国当时唯一的县级师范，但至少可以说，它是20世纪初我国最早的一批县级师范中办得颇有声色的一个。

接着，张瑞玑又亲自编纂了一册图文并茂，旨在“欣愉儿童之心志，开凿儿童之聪明”的《韩城乡土志》，用以解决初等小学前两年的地理格致教科书，因为这一类书都是乡土教材，不能外购。张瑞玑在《韩城乡土志》序中写道：“嗟乎！文与学，本一事也。自实学不讲，而文成为虚物矣。处此实学竞争之世界，苟能率天下之子弟，而祛其孤陋华靡之习，则他日切实有用之学，皆发为颠扑不破之文，未始非保全国粹之道也。”这里，张瑞玑流露出来的，是当时乃至后来地方官吏中罕见的、弥足珍贵的一种文化情怀。

对张瑞玑的识见和作为，陕西布政使樊增祥（湖北恩施人，近代文学家，字嘉父，号云门，一号樊山）很快就发现了，并大加赞赏。

这位藩司在张瑞玑关于上述事情的禀文上作了如下批示：“学堂之事，可与知者道，难与俗吏言，同寅中孰学孰不学，兴办学堂某能办、某不能办，本司皆默识之。……韩城有此官师，学堂风气何患不蒸蒸日上？应一切照准立案，禀、批一并登报，以资各县矜式。”此后樊与张结为忘年交。辛亥后在北京，二人常诗酒携游，张瑞玑《上巳日樊山实甫瘿公招什刹海修禊分韵得紫字》赞樊增祥云：“樊山老人鲁灵光，主盟骚坛执牛耳。”

办新型报纸和成立学会。在韩城时，张瑞玑创办了当时陕西第一份州县级的报纸《龙门报》。他自己也说:“韩城之有《龙门报》，玑实倡之。”但此报经营初定，张瑞玑就调往兴平。他走后,《龙门报》“浅说改为文言，体例倒置，文字芜杂，其报虽存，而其名若有若无，无复有一人道及者。”到兴平后，张瑞玑又办起了《兴平报》，十天一张。不久他又调任长安。为了不使《兴平报》像《龙门报》那样“人走报废”，张瑞玑将报社移至西安，改为《兴平星期报》，一周出一张。1911 年在咸宁任上，张瑞玑又和友人郭希仁成立了学术团体“暾社”，并出版《暾社学报》。《暾社学报》第一期刊登了张瑞玑传颂一时的名文《暾社记》:

鸣呼！中国睡国也。汉宋以后学说不昌，漫漫长夜七百余年。近者哲学代兴，东西蔚起，顾欧美日午，而震旦未明；瀛海朝烘，而支那方夜。举四万万国民酣睡，鼾呼于黑暗学界之中而不能遽醒。……以天时言，中国之后当明；以人事言，中国之睡当醒矣。郭君希仁集秦诸君子研究学理，将刊布学说以提倡一时，余为名其社曰：暾社。鸣呼！月将落，鸡将唱，此其时也。吾为呼四万万之睡民，而大声告之曰：朝暾出矣！

笔者手头现有的资料，无法确定这篇《暾社记》的具体写作年月，但可以肯定，它和那一声戛然终谢了末代王朝史的枪声贴得很近，很紧！

张瑞玑不光亲自办报，还资助革命党人办报。据景梅九早年所撰《罪案》记述，1911 年初，他在北京创办《国风日报》，开办费三百元不几天就花完了，第二月便维持不下去。于是先向京中诸友借款，然后又向外省去讨，“凡有和我交识的，没一个躲得过去。近而陕西作知县的张老衡，远而云南作讲武堂堂长的李协和，都打到了，幸不脱空。”李协和即李烈钧，张老衡当然就是张瑞玑了。

据景梅九嫡孙景克宁与他人合著的《景梅九评传》介绍，1908 年冬，景梅九与李岐山（剧作家、翻译家李健吾之父）赴陕西，“时长安知县张衡玉倾向革命，景梅九与张衡玉及其他当地官绅交往，运动革命。”又，1937 年出版的杨家骆《民国名人图鉴》：“同盟会成立，衡玉亦慨然与焉。不计其为官也。”可知远在辛亥革命前，身为知县的张瑞玑就与革命党人成为朋友和同志了。

铁肩妙手

武昌首义的枪声未落，陕西民军即起而响应。

起义那天，正在咸宁任上的张瑞玑赴谘议局参加大会，会后乘轿返回，路遇起义民军。民军见是官轿，吵吵嚷嚷挡住去路。张瑞玑在轿内高喊："我是张瑞玑！"民军听了都说："他是好官。"随后张瑞玑下了轿，将官帽摘下，掷得很远。手起帽飞，民军欢呼，张瑞玑也朗声大笑。当时，陕西同各省一样，民军痛恨清廷官吏，自巡抚以下被杀者很多，独咸宁县署赖有张瑞玑的清誉庇护，平安无事。

这年冬天，张瑞玑结束了"宦秦十年"的生涯，在陕西民军护送下，携家眷冒着纷纷扬扬的大雪东渡黄河，回到赵城。

不料到家后，"装未卸而城已封。纷纷传言，谓娘子关失守，太原兵溃，四境惶惶，人心不靖。瑞玑焦愤成疾，卧床累月。"从病床上起来后，张瑞玑便一脚踏进了生命华章中光彩照人、可圈可点的一段。

从我们洪洞、赵城一带流传的情形来看，人们至今津津乐道、敬佩不已的是，张瑞玑面对镇压山西革命军的卢永祥之流的虎狼行径，表现出卓异的才气和铁骨铮铮的大丈夫气概。简单说来是这么回事：

山西民军在太原起义后，袁世凯任命张锡銮为山西巡抚，令第三镇统制曹锟、协统卢永祥进攻山西。当卢永祥的部队打到赵城时，从陕西还家的张瑞玑已“卧床累月”，他和兄弟们奉母避入汾河之西的罗云山。不到两天工夫，城内及周围各村不分贫富贵贱，一律被抢。“冰雹猛雨，无此遍及。”张瑞玑愤慨之极，醵资铸卢永祥跪状铁像，置于城门之侧，让过往行人唾骂踩踏。铁像左肩镌“第五混成协协统”，右肩镌“山东著名之盗贼”，腹部镌“卢贼永祥”，背上镌四言二十八句的《铁像铭》。又作《卢永祥铁像歌》一首，七言二十八句。尽管这样，还是压不住心头之火，张瑞玑又写了篇《致第五混成协协统卢永祥书》。铭、歌、书加起来不过八百余字，字字句句都是投枪。限于篇幅，各取一斑：

铭：“山东巨盗，袁氏走狗；贪货好色，亡赖游手。”“未烧贼脐，未枭贼头；铸像道旁，万古同仇。镌字在背，不磨不灭；唾骂千秋，冤战顽铁。”

歌：“面目狰狞额文横，胸腹高凸起双峤。唇齿翻抵鼻掀天，双膝屈曲两肩峭。谱牒远溯蓝面鬼，鼻祖耳孙真酷肖。”

书：“足下为满清奴，为袁氏仆，受唆嗾人，其本分也，固不足怪。独怪中国何不幸而有鲁直豫三省，三省又何不幸而生足下及一班盗贼也。……足下及三省之士，孰非我黄帝神农之子孙乎？瑞玑羞愧死矣！”

这三篇脍炙人口的诗文乃正义之声，当时即不胫而走，广为传颂。后来卢永祥托人给张瑞玑说情，求他把铁像搬走，张坚辞不允，对来人说：“非念既往，乃儆来者！”卢永祥无奈，只好派人在一天深夜把铁像捣毁。铁像可毁，洪洞、赵城人民的嘴却封不住。十多年前，我读中学时听历史老师讲，三、四十年代，我们那里一些学校和诗书之家，还把这三篇诗文作为给子弟开蒙的教材呢。

时局变化很快，不久南北议和事成，张瑞玑应邀赴太原，任山西省财政司司长。1913 年春，国会在京成立，张瑞玑以国民党党员身份被选为国会参议员，来到北京。3 月，袁世凯派人暗杀国民党代理理事长宋教仁，继而以军事优势镇压孙中山发动的“二次革命”，并企图解散国民党占优势的旧国会，为他当皇帝扫除障碍。

这年农历六月，长兄张瑞璜病逝。张瑞玑旋里奔丧，返京后，得知国民党中一些意志薄弱者慑于袁世凯的淫威，已自行退党，有人造谣张瑞玑也脱离了国民党。张瑞玑遂在《顺天时报》刊登了下面的启事：

鄙人请假出京，月余始返，忽闻友人谈及《大国民报》前者登载政友会启事，列有鄙名，内称既入政友会，对于旧党自应脱离云云，不胜诧异。鄙人名隶国民党籍，不特无脱党之事，亦并无脱党之心。去就在我，他人不得越俎代谋也。特此声明。张瑞玑启。

关于《顺天时报》，老报人徐铸成先生在《报海旧闻》中这样写道："日本人办的北京《顺天时报》在华北广泛发行，有相当大的影响。袁世凯称帝前，袁克定特地叫《亚细亚报》的薛大可等伪造《顺天时报》，'恭呈御览'，就可见它的作用了。它是帝国主义侵略的工具，所以能广泛流传，主要是因为当时的政府压制舆论，中国报纸登不出真实的消息，而它们则依恃特权，可以'畅所欲言'。"张瑞玑当然不会知道袁大公子与"臣记者"薛大可的勾当，他之所以选定在《顺天时报》刊登启事，大半是冲着它"广泛发行"的影响来的。只是因为有假版，袁世凯未必能看到 8 月 17 日这则恼人的启示。但对张瑞玑其人，这位袁大总统却早有所闻。

且不说三个月前，景梅九办的《国风日报》因报道宋教仁遇刺真相被袁世凯查封后，张瑞玑挺身而出，仗义执言，写了一篇《檄〈国风日报〉告封阅〈国风日报〉者》，从标题到正文通篇都是反讽，嬉笑俏骂，涉笔成趣，给景梅九以有力的支持。单说头一年，也就是1912年初，袁世凯就接连收到张瑞玑两封信：《致内阁总理袁项城书》和《再上内阁袁总理书》。前者是继骂卢永祥和晋抚张锡銮之后，追根溯源直骂到袁氏头上，说他“枭则枭矣，雄则未也”，不过跟三国时袁术一样，“冢中枯骨”而已。后者则是孙中山先生表示只要清帝退位，宣布共和，他即解职，把大总统位让给袁氏。袁世凯欣欣然。当时在赵城家中的张瑞玑闻知后，当即写信直截了当地说：“夫所谓大总统者，全国人民所公认，非一人一家之私物也，一二人不能私举，亦不能私与之也。……孙君人望所归，天下翕然，公举为大总统可也，不能以总统私与人。”接着，从胆识、器量、品格、才略诸方面将袁世凯同孙中山先生一一比较，最后说：“执事果不自量腼颜而据上座，瑞玑固无力与争，然期期以为不可也。”

“致袁二书”在洪洞、赵城一带和前述骂卢永祥的铭、歌、书一样广为传颂。几年前，笔者在离赵城五十多公里的淹底乡，当面听一位同学的父亲讲诵《致内阁总理袁项城书》。这位同学的父亲是一位恭谨的乡下郎中，当时他那种意气昂然的神情，给我留下极深刻的印象。

袁世凯死后，段祺瑞政府任命袁氏称帝大典筹备处总办沈铭昌出任山西省省长。消息传来，正在杭州西湖游船上的张瑞玑与几位山西籍国会议员极为愤慨。大家公推张瑞玑电阻沈铭昌。张瑞玑虎目圆睁，映着粼粼湖水凝视片刻，一挥而就。电文如下：

北京电局转前大典筹备处总办沈铭昌鉴：闻公长晋，不胜骇诧。公帝党中健将也，帝制若成，我公公侯万代矣，国人谁敢有异言。不幸硕筹失败，项城殒命，以公之忠节不殉节，亦当隐身。今复面颜市朝，急露头角，公之德量，令人倾倒不已！剥民逞欲，遵君为逆，公之仁也；朝亡伪帝，暮投民国，公之义也；煌煌大典，春梦一场，公之智也；帝国民国，覆云翻雨，公之信也。有此四德，何地不可驻节？晋人德薄，实不敢当。请公自爱，并爱我晋，卷收旌节，勿临太原。三晋父老，齐拜赐矣！掬忱相告，公必乐闻。

电文拍往北京并在各报刊登，沈铭昌接电后出了一身冷汗，悚然“卷收旌节”，未敢到任。当时跟张瑞玑在西湖游船上的国会议员中，有一位临汾人侯少白，50年代侯老先生犹能一字不差地背诵这则电文，并经常向人讲述此事。

张瑞玑生前引以自豪的还有一件事。1923年曹锟逼黎元洪下台，随后即操纵国会，以送给每位国会议员五千大洋的代价争取选票，贿选总统。当时唯张瑞玑等少数议员拒不接受贿金，当然更没有投曹锟的票。据王作霖先生回忆，他十二岁那年，已经病重的张瑞玑有一次在饭桌上喘着气说：“你要有气节，任何人不要怕。大总统也是人，有何可怕！人死不过咽气，穷不过讨饭。曹锟贿选总统，贿我以重金，我断然拒绝。”

十万卷书

张瑞玑一生爱书。

“随我转蓬三尺剑，累人行李一车书”，“踏破春山芳草绿，驮书载酒又归来”，即是生动的写照。

年轻时，张瑞玑即嗜书成癖。晚上如厕也要一手掌烛，一手拿书。《二十三岁小像自赞》云：“一囊书卷，一盏茗茶，清风扫院，巾髦横斜。”俨然一翩翩少年，颇有雏风清声之致。其翩其清，端赖那一囊诗卷。看得出这时他还比较单纯。

仅仅过了一年，容貌想必不会有多大变化，而心境已大不同：“汝将欲隐耶？而汝素无其癖。汝将欲仕耶？而汝不遇其时。知汝者，目汝为狂；不知汝者，视汝为痴。汝行汝言，不合时宜。”（《二十四岁小像自赞》）显然，青年张瑞玑这一年开始在迷茫中思考自己的人生道路。他的“狂”，他的言行“不合时宜”，说到底无非是满腹诗书在“作怪”。因为越是无知无识便越能随波逐流，其言行也就越不会逸出世俗的藩篱。难怪刚到韩城时，布政使樊增祥一眼就看出这位新任知县的文章经济，而且情不自禁地在张瑞玑一篇呈文上写下这样的批语：“大凡有学问人，虽初任而即能了事。若胸无墨水，虽服官数十年，历任七八州县，而冥顽如故。人安可不读书欤！”

有一个至今还在家乡传颂的故事，说是张瑞玑在陕近十年，每次回赵城老家都要用骡马驮几只书箱带回去。有一次驮得太多，马蹄沉重，半路上被响马（即劫匪）跟定，以为是金银宝物。张瑞玑察觉后便寻旅店住下，开箱晒书。响马见状，悄然离去。这个稍有点离奇的故事其可信的程度现在已无法证实，但辛亥后张瑞玑告别陕西冒雪东归，其外孙王作霖先生说“带书二百余箱，载之俱归”，想来是确实的。久积不缀，数逾十万，于是而有赵城“谁园十万卷藏书楼”之谓。

张氏老宅“谁园”，现为赵城镇政府占用。“谁园”只是老宅后面的一部分，因为名气越来越大，便成了老宅的代称。为什么叫“谁园”呢？老人们说，谁住上就是谁的嘛！1914年张瑞玑作《谁园记》，是这样写的：

> □窟野人倦游归，屋后有隙地，围以短墙，将莳花种树游息其间……今年四十有二，再十八年则六十，再二十八年则七十矣。野人必死，未死之前，幸而老守此园，虽穷饿不肯转鬻。再传而及吾子孙，又及吾子孙之子孙，安可保也。……不待百年，则地必荒，墙必圮，亭石花木必倾折枯死，野人亦魂魄游荡不复从而获之，将并园而无矣，又何有于名。然则是园也，始基未成而终局已定，野人不敢自命为地主，姑借此携酒招朋以消磨垂老之光阴而已。至将来之主人为谁，其伤我薪木，毁我亭榭者又为谁？野人不能知，亦不暇计也。吾呜呼名之？名之曰“谁园”可乎？客拊掌而笑曰：善！

其时张瑞玑不过四十出头，正当盛年，但见得已是老年情怀，沧桑满纸了。也难怪，眼看着辛亥革命果实落入袁氏手中，国会被解散，约法被篡改，帝制之议又甚嚣尘上，桩桩件件，纷至沓来，“万事都同素愿违”，怎不催人少白头呢？更何况是“晋陕名人”张瑞玑！

生命的最后几年，张瑞玑是在“谁园”度过的。他不但嗜书成癖，而且嗜酒若狂，晚年以“酒皇”自许，自云“我日以酒为性命”，“酒量狂将吸东海”。所以，当1925年春张瑞玑最后一次离开北京时，友人俞渭君兄弟送给他的礼物，是三坛沉埋八十年的花雕老酒。“归来沧桑感慨多，老眼醉看汉山河”，喝酒为的是“湔愁肠”，酒兴助诗兴，诗魂则直追三闾大夫屈原。“归来百无聊，饮酒读离骚”，“射虎斩蛟两不能，只能饮酒读离骚”，“有客向天浇浊酒，一卷离骚不释手”，“判花课竹闲无事，一卷离骚供醉哦”。这样的诗句，越来越多地涌到暮年张瑞玑的心头笔尖。是遣兴，也是慰抚。

1927年春，北京友人致函张瑞玑，请他出山。这时张已在病中，伏枕作《都中友人函招作诗答之》：

落落情怀百不如，春风底事造吾庐。
渐生华发还贪酒，已死名心懒著书。
世事枯棋谁胜负，故人秋柳半萧疏。
……
尺书远到倍凄然，回首前尘俱化烟。
……

十年客梦风帆影，一榻诗魂水月天。

……

艰难世事添双鬓，衰老文章成一军。

高卧羲皇春梦懒，穷岩哪有出山云。

这年农历十二月十四日（1928年元月6日），张瑞玑在赵城“谁园”逝世，享年五十六岁。八年后，章太炎作《故参议院议员张君墓表》，发表于苏州国学研究会《制言》杂志。

张瑞玑死后，其子张小衡（即筱衡，尔公）于1952年将“谁园藏书”全部捐献国家。是年山西省政府特派文教厅副厅长崔斗宸前往赵城迎取，存放到省图书博物馆。翌年图博分设，始由山西图书馆收藏至今。张瑞玑遗存的诗文，30年代也由张小衡收集整理，编成一部《谁园集》，可惜一直未能出版。1988年9月，王作霖兄妹对《谁园集》增补加注，易名《张瑞玑诗文集》，油印面世，印数极少，且注明“非卖品”。为这个油印本作序的，是国画家董寿平先生，文末署“洪洞姻世晚董寿平拜识”。

纵观张瑞玑一生，手提肝胆，志存高远，如鹰隼啸傲苍穹，搏击风尘，不屑以词章著述争名于世。诗文之外，他还工于书，辛亥山西民军起义后，太原承恩门改为“首义门”，此匾即出其手；京剧四大名旦之一的尚小云曾持扇索题，张瑞玑为其书《云郎曲》。又精于画，尤喜画墨梅，自云“不是案头无胭脂，让与他人画牡丹”，“我与梅花同风标，铁骨冰心不染垢”。但他对自己的评价则是“书不如画，画不如诗，诗不如人”。

今年是张瑞玑逝世七十周年。先生之名湮没无闻于世者久矣，今忽与所谓“《孙武兵法》八十二篇”连在一起，见诸报端，成为新闻人物。此则幸耶不幸？

1997 年 3 月 1 日《文汇读书周报》

【附录】

意外的收获

拙作《张瑞玑其人》篇末提及，张瑞玑逝世后，其子张小衡 30 年代收集整理乃父遗作，裒为十二卷，曰《谁园集》，迄未出版。过了半个多世纪，张瑞玑外孙王作霖兄妹又在《谁园集》基础上增补、加注，易名《张瑞玑诗文集》，惜无力出版，终以油印本面世，且注明“非卖品”。赘述此事，实激情难抑，感慨存焉。

时隔不久，听到一个意外的消息，山西省文化厅和省图书馆决定合力出版《张瑞玑诗文集》。这消息来得突然，我先是一怔，即刻血热神旺，对着电话机连声说道：“太好了！这太好了！”心里则已充满了感动。

电话那边，是省图书馆地方文献室负责人高和平先生。其时高君已奉命上北京、下西安，几经周折，与张瑞玑曾外孙王宪先生（其父王作霖已逝）取得联系。王君家在兰州，闻讯即专程赴太原，商量出版事宜。稍后我才知道，拙作发表后，即蒙山西省文化厅厅长成葆德先生和省图书馆馆长李小强先生垂注，当时他们已商定要出版是集。李君行伍出身而禀学者气质，他将油印本《张瑞玑诗文集》细审一过，认为注释部分多可议、可补之处。遂组织本馆几位先生，将油印本拆散，逐篇粘成册页。倏忽数月，焚膏继晷。成、李二君及省图书馆诸先生保存文化遗产的热忱，他们为之付出的艰苦劳动和谨严不苟的精神，使我于感动之外又增敬意。当然，也得感谢《文汇读书周报》。时下报纸多多，而《文汇读书周报》在传播文化、增强国人的文化意识方面，其影响力是独特的。《张瑞玑诗文集》交此好运，即为一明证。

去年是张瑞玑逝世七十周年。《张瑞玑诗文集》能正式出版，九泉之下的老衡先生，闻此亦当含笑吧。张小衡《谁园集》跋云：“今重录遗稿，犹觉吾父英迈之姿，刚大之气，时时活跃于纸上也。”信哉斯言，不愧名门哲嗣。历史尘埃掩不住智者的光辉，凝聚着老衡先生精气神的《张瑞玑诗文集》，是吾晋百年一份重要的精神遗产。我们且在乡贤拓展的精神天地中遨游！

载 1998 年 1 月 31 日《文汇读书周报》

独抱文章期后世

——浅说“山西才子”郭象升

民国初年（1912），山西学界和文坛有一位领军人物。他就是被时人称为“山西才子”“古文后殿”的郭象升。

郭象升（1881—1942），字可阶，号允叔，晚号云舒、云叟，山西晋城县（今晋城市泽州县）人。清末拔贡，历任《晋阳学报》主编、山西大学文科学长、山西省立教育学院院长、山西省立国民师范学校校长、山西文献委员会常务委员等职，是近现代著名的国学家、古典文学理论批评家。

小时候他家祖坟的柏树上长了一个“柏斗”，这在山西民间就是一种家家欢喜、人人企羡的瑞兆。四十年后，郭象升在一篇书跋中写道：“柏斗者，一枝倒出而崛然再起，如别生一小树托于枝上者也。里人相传以为瑞，曰郭氏其有人乎？已而不肖有文誉，三十年中遂为山右学者所宗，……则其瑞疑有应矣。”

郭象升的学问，从他与刘师培（申叔）的关系上略见一斑。

1913年刘师培应南桂馨之邀，北上太原，充任阎锡山都督府高等顾问。在一次督府夜宴上，三十三岁的郭象升与三十岁的刘师培邂逅。此后二人过从甚密，一同逛书肆，切磋砥砺，互相拜服。郭称刘“申叔先生今卢骚”，还对南桂馨说：“刘先生在当代似不作第二人想。”刘则称郭为“山西一人”。

刘与郭相识不久，即向郭借《广雅》和《集韵》，一年后才还。郭曾问他做何考证，刘笑着说：“君曾见古今最长之诗几韵？我今作得六百韵诗一首，所以需此等书也。”刘殁后十五年，郭象升偶见《广雅》，感触往事，犹自怅然。

刘师培这首长诗，便是《癸丑纪行六百八十八韵》，又名《左盦长律》。仪征万仕国先生编著的《刘师培年谱》，书后按时间顺序，附录20世纪研究刘师培的论著及史料，第一部便是郭象升的《左庵集笺》。

批注古书是郭象升的名山事业。他曾说：“余于近世国学大家所服膺者四人。”这四个人便是孙诒让、皮锡瑞、章太炎、王国维。

他一生三次批注《十子全书》，多有创获。第二次批注将毕，值卢沟桥事变发生。他感于时局，写道：“杜工部诗‘老去才难尽，秋来兴甚长’。吾但有卷可开，即议论滚滚。十子书幸得料理一过，若不付劫灰，自当留一纪念。”

王通的《文中子》（即《中说》）他尤为钟爱，读过三十多遍，几可成诵。尝言："《中说》行于世间千数百年矣，古人治理此书不知何如，若在近世，当无逾于鄙人者。此册乃天下第一，后有获者，慎勿病其书迹之丑而漫置之。"桐城汪吟龙当年在清华读研究生，为撰《文中子考信录》，曾驰函向郭象升求教，参阅郭的批注。汪著后来在中华书局出版，被王云五列入国学小丛书。

郭象升著有一部《古文家别集类案》，铅印线装本，两册，署"燕超楼丛著"。"燕超楼"乃其藏书楼名。此书收唐、宋、元、明、清五朝古文家一百一十人，始于韩愈，迄止贺铸。按时代先后分甲乙丙丁四案，每案又分上下两部。上部对每一位古文家的生平著述稍作介绍，重点放在品评其文章风格、得失、源流上，少则百把字，多则三五百字，博洽精要，一字不苟，其风神使我联想到钱锺书的《宋诗选注》。下部仿姚鼐《古文辞类纂》的文章分类法，附录本案所选古文家各类文章的目录，姚著已收者，是书则不收，计收三千余篇。

最有意思的是，每案之后，允叔先生还连连自问自答，说明同一时代的作家，为什么选张三了而不选李四。譬如甲案后："或问何以不录黄庭坚？答曰山谷有韵之文甚工，题跋尺牍亦妙，然别是一派……山谷论古文极精，而不能作，朱元晦所谓临作时又怯了也。”乙案后回答元代作家有无遗漏：“今之观吾书者，疑其失入则有之矣，必不疑其失出也。”——如此不留余地，先生自负若是。这等自负，我想至少来自两个方面：其一，必须对选入的作家作品有准确的把握；其二，必须对未入选的作家作品有全面的了解。从某种意义上说，后者更难。唯其如此，方能是其所是，非其所非，在纯学术的层面上搭建起一个对话的平台。

如今，这部《古文家别集类案》已成了文物。它和另一部由马骏撰写，郭象升作序、评点的《咏清史诗五绝三百首》，陈列在山西大学文科楼贵宾室的玻璃橱中。有资格当文物自是一种荣耀，但若仅供展之仰之，而不设法嘉惠士林，徒令观者一叹，终是憾事。

郭象升还著有《经史百家拈解》《渊照楼札记》《丹林生寤言》等。

伦明在《辛亥以来藏书纪事诗》中，称郭象升“好古”。与郭象升相知极深的贾景德，则把郭比作俞樾。在《沁水贾氏茔庙石刻文稿序》这样一篇严肃的文章中，贾景德用了很大篇幅写郭象升：“昔曾湘乡有言，李少荃拼命做官，俞荫甫拼命著书。余政绩不敢望合肥毫末，而允叔之致力经史，则视曲园无愧色，古文辞或且过之。”贾景德学养深厚，长期担任阎锡山政府秘书长，颇有政声，诗名、书法亦著。赴台后任考试院院长、总统府资政。近代东南大藏书家刘承干因慕郭的大名，曾将其刊刻的《嘉业堂丛书》《求恕斋丛书》，从沪上邮赠给他。吾晋获此殊遇者，唯郭一人。

郭象升的“文誉”，最早得自一篇《崇奖名流论》。提学使汪颂年的评语是“一千八百人中得此一卷，令人惊叹欲绝”，称郭为“劬学之士”。入民国，他众望所归，应请撰写了一篇《山西全省天足会公启》。此文议论风发，激情奔放，指陈缠足有六弊，曰伤生、累事、弱种、诲淫、服妖、碍学，颇有创见，一时洛阳纸贵。阎锡山称他为“山西才子”。郭后来却说：“生平以此文博才人之名，其实多俗调也。”

民国五年（1916）出版的《文学研究法》，是郭象升纵横才气的一次井喷。这年他三十六岁。

《文学研究法》分文体篇、文心篇、文派篇、文选篇，末附《新名辞平议》《白话文平议》两文。他在叙中写道：

品藻诗文之书，自昔有作。大都自喻适志，其于启发头角，以教来者，未数数然也。夫学者之病，病于不广；教者之病，病于多歧。多歧则逐末流而昧大原，不广则引一端而废全体。然而矜高妙、思捷获者，相寻也。学绝道丧，有历阶矣。而况区区文字之云乎哉！

他这样论三曹：

魏武文词雅健，诗歌沉雄，即无事功，亦当千古。文帝诗文，视其父稍弱，而高华俊逸，亦古今帝王中所少见者。陈思王植，以绣虎天人，擅八斗之誉，才藻敏速，则抗行王杨；文思富赡，则下视陈阮。五言诗歌，犹为无对，固文囿之神物，词坛之飞将也。

关于骈文，他说：

道咸之际，此体复衰，周寿昌振之。李慈铭、王闿运继起，极哀雅之致，具高朗之才。而通州朱铭盘亦一时健者，善取远势，又不滥用僻书，可谓能自重其体矣。

我手头的郭氏《文学研究法》，是根据民国二十一年(1932)

七月山西教育学院丛书本复印的。这可能是大陆的最后版本。20 世纪中叶以后，大陆提及这部专著的极少，港台却不乏知音。

台湾正中书局似乎隔些年就要印一次郭氏《文学研究法》。嘉义大学中文系杨日出先生，将 1956 年 9 月正中书局出版的郭氏《文学研究法》，列为“文学概论”科参考书目第十六种。该参考书目共列中外古今参考书目二十八种，外国有契诃夫、莫泊桑，中国有《西游记》、朱光潜《文艺心理学》等。

香港神州 2004 年第 7 期书目，将 1970 年 7 月台湾正中书局出版的郭氏《文学研究法》，列为“古典文学类”第四种。第二种是钱穆的《国学概论》。

《文学研究法》为郭象升赢得极高的文誉。“山西第一才子”“中国古文殿军”，种种赞誉潮水般涌来。笔者七八年前到晋城出差，乘隙赴泽州县周村拜谒郭的旧居——平顶院（宅基有高有低，但建筑群的屋顶在同一水平线上，故名）。其时平顶院尚挂一块周村小学的牌子。我问村人可知郭象升其人，一个中年男人说：“咋能不知道？山西第一，全国第七嘛！”

山西第一自不待言，全国第七的说法满有趣味，只是至今尚未坐实。近年屡闻泽州县有将郭氏老宅开发为旅游景点之议，这应是继阳城县皇城相府（陈廷敬老宅）之后，太行山又一处文化胜迹吧。

早在 1919 年，客居山西的桂林人郑裕孚就辑印了一册《郭允叔文钞》（附诗钞）。郑裕孚字有愚、友渔，从政之余，倾心文事，著有《淡志室诗文存》。1934 年南桂馨“发大愿、出巨资”刊印《刘申叔先生遗书》时，搜集校勘之役，请的便是这位郑先生。数年之间，负责审订、编目的钱玄同，“遇有滞疑”，便与郑书疏往返，先后给郑写了六十九封信；这在三百二十一页的《钱玄同文集》书信卷中就占了一百一十五个页码。前辈学者商榷之诚、敬慎不苟、务求确当的风范，令人钦仰。

从钱氏信中可知，南桂馨为申叔遗书所作的“南序”，还有郑裕孚的“后序”，都是由郭象升代笔的。略感遗憾的是，《钱玄同文集》中，凡“郭允叔”处，均被手民误植为“郭元叔”。

郑裕孚极爱郭象升的诗文，自云：“每得一篇，即振笔疾书之，如获连城璧。”他编的《郭允叔文钞》收文八十一篇，诗五十四篇。集中名篇佳什俯拾即是：《黄克强先生墓石刻文》《蔡松波先生墓石刻文》《故燕晋联军大将军吴公之碑》《振素庵诗集序》《太原市上购书歌》《刘申叔先生游晋长句赋赠》等。

郭象升论文重“气味”。《散体文简说》便阐发了这个观点。此文是 1934 年他在山西省立教育学院寒假讲学会上的讲稿，由学生笔录而成。郭之所谓散体文是与骈体文对举而言。在他看来，能用笔写文章的人未必就是文章家，只有所写的文章“在社会上发生效力，而且别有气味，始得谓之文章家”；作文“其难不在笔仗之灵巧，而难在气味之清醇。气味是徐徐地体验而来，与写字一样，用笔巧易能，而雅不易得，所以气味雅俗，全看你能与古人为伍与否耳”；“我们在学校中，文章只可重笔力，至气味则当徐徐揣摩耳”；“《左传》《汉书》气味最高雅，果能留心，自然可入佳境”。这些都是药石之言。他衡文的眼光可谓犀利，但视梁启超为“报馆之材”，认为梁的文章虽“痛快淋漓之至，然仍不能与古文相埒”，便近于苛刻了。

和那个时代很多老先生一样，郭象升一生大都用文言写作。但他不反对白话文，岂但不反对，还以其权力和影响提倡之。他执掌山西省立教育学院多年，据其入室弟子兼同事郝树侯回忆说，1928 年郭给学生们办的学术杂志《采社》批示：“用新方法读古书每有创获，我们不要落后，多提倡多刊登这种论文。白话文反对不倒，现在政府用文言，将来一定是白话文。”

晚年他还尝试用白话写作。那时他读了大量翻译作品，就连爱因斯坦的《相对论》(二十多册)，也是见一本购一本。组诗

《杂咏西史》《续杂咏西史》（均系抄本）虽是五言古体，但明白如话，类如“选民马克斯，共产推鼻祖”，“华盛顿生平，颇喜持威仪”，“气不可一世，讬耳斯太翁”等。随笔体的《丹林生瘖言》（手稿本），则是文言和白话间作。下面两段随笔，可使我们窥见老先生读洋书后的思想变化，以及他数量极少的白话文的风致：

西洋人只论贫富，不论官民。百姓是愿做的，只不愿做穷百姓罢了。他的百姓是好行好动的，不像中国人安土勿迁。一上了路，有钱便坐头等车，搭头等船，你纵是个职官，因为没钱，坐在三等客舱，怎能叫一路人格外敬你。中国的清高处，是乡邻聚会，例奉绅耆首席，穿皮袄的大商，不敢与布袍穷举人争座位。因此笑西洋人专拜黄金。但是把百姓看成贱人，千方百计，以图免掉这两个字，却是中国人的恶模样，反不如西洋人爽快有实际。

小百姓有三分迷信，便有三分道德。赶车骡夫，一路逢庙磕头，不用问了，一定不会向你多索酒钱。

郭象升诗学造诣很深。他自束发之年，就酷嗜声诗之学。涉猎既多，不仅“百年晋故我能说”，而且“于汉魏以迄国朝作者之得失流别，亦略能言之。”

他写诗论诗重根柢，讲格律。

名僧力空法师（俗名任重远）出家前曾拜他为师，请教诗文之道。郭看了他的诗文后说：“文章如炼丹，须以火候为程，非曰有其志即可成其事也。”“凡越俗亢志之士，喜自运其思，而无暇研索古人陈编，以为多作即工，而不知根柢不具，即苦吟无益也。”进而要求他：“姑且停吟十年，取古人之书读之，诗固在其中矣。”力空法师出家多年后仍感念不已。

南社诗人蒋万里客寓太原，引郭象升为知己，请郭给他的诗集作序。郭写了一篇《振素庵诗集序》，称赏蒋诗以格律为先，不同于那些“率豪悍而不受律”的当世能诗者。又说：“君诗固自有本原，非一二浪得浮名者所敢望也。”这篇诗论数十年后仍引起学者的重视。1959 年，舒芜、陈迩冬、周绍良、王利器诸先生，秉持“宁缺勿滥”的原则编《近代文论选》，他们从《民权素》第十四集中将这一篇选出，署名“象升”。

记得张梦阳有篇文章，推赞华南师大刘纳教授的文学史研究法。他说，刘纳在《嬗变》中论述 1912—1919 年中国文学时，一律以当时出版的报刊、书籍为据，查寻历史的真迹，还原历史的本来面貌，于是得出跟胡适绝不相同的结论：“光辉悠久的古典文学有一个不失体面的尾声。”不晓得刘纳教授在汗牛充栋的原始资料中，可曾见过郭象升的作品？若是没有，则《郭允叔文钞》毫无愧色地可以为她的结论提供又一例实证。

郭象升晚年寓居太原文瀛湖畔。他心境落寞，每以诗自遣：“天随雕翅转，秋兴雁行高。只觉苍穹大，难为白首搔”（《秋意》）；“久雨不霁天沉沉，庭除昼晦如秋阴。泥封门巷客不至，独坐抚几多悲心”（《苦雨遣闷》）；“读书草草知千古，花甲垂垂近一周。独抱文章期后世，坐观沧海到横流”（《拟范无错体·漫书》）。

“独抱文章期后世”——落寞时，他对自己的学术和文章也是自负的。

山西社科院高增德先生，多年来搜集郭氏遗著不遗余力，所获颇丰，且多为手稿或抄本。山西图书馆王开学先生积十年之功，整理出三十余万字的郭氏藏书题跋。两位先生胸襟开阔，视学术为天下公器，从不将他们千辛万苦搜得的资料深藏自秘。笔者从中即获益良多。王先生编的《郭象升藏书题跋》，由黄裳作序，张颔篆书题签，不久即可问世。高先生搜集复印的十余册郭氏遗稿，依旧在他那“速朽斋”中沉寂着。

近年听说郭的家乡有人也在研究他，未知进展。

【附记】

此文作于2007年3月，同年《山西日报》摘登。《名作欣赏》2013年第4期、山西省作协《创作研究》2013年第1期刊登全文。2013年1月，高增德先生“速朽斋”中的郭氏遗稿，以《郭象升手稿拾遗》为名分上中下三大册，由三晋出版社影印出版。这是1949年后郭象升著作首次在山西出版。

鲁迅五题

下面这一组旧稿，离现在远的有二十年以上，近的也有七八年了。二十年前我刚到太原，下班后一个人关在宿舍里读 1981 年版的《鲁迅全集》。读得入迷，还做了不少笔记。那样的环境和心境后来再也没有了。读过一遍，精神上仿佛经受了一次大的洗礼。二十年间我到过上海、广州、绍兴、西安，自然还有北京，每到一地都忘不了要腾出时间去寻访鲁迅先生的踪迹。北京的宫门口西三条去过多次了，不管周围环境怎么变化，那个带着“老虎尾巴”的小院所独有的气场，每次去了都能真切地感受到。我有时挺羡慕在这里工作的人们。二十年前读《全集》，是妻子从学校图书馆一次次借来的，读完两三卷，还回去再借。2005 年版《全集》出版时我订购了一套，拆掉包装后放进书柜，当时发愿要从从容容再读一遍的，无奈岁月蹭蹬，现在才读到第二卷的《野草》。我早已过了先生写《野草》的年龄，如今读着《野草》却感到自己还是年轻。“五一”小长假

"宅"在家里，翻出一些旧稿来看，很有些像是被先生夹在《雁门集》里的腊叶的感慨。我挑了几篇辑在一起，算是给自己留个纪念吧。

也有几分诘责的意思：这一遍何时才能读完呢？2013 年 5 月 2 日记。

多几个呆子

30 年代初，鲁迅寓居上海，过着"打杂"的生活，日渐"心粗气浮"起来。也就在这时，一篇篇震古铄今的杂文"应时"而出，"给寂寞者以呐喊"，"和读者一同杀出一条生存的血路"。也就在这时，"三闲书屋"悄然诞生。这书屋是先生手自经营的，其旨专在介绍"被侮辱被损害的"民族的抗争，给苦难的同胞以养分、以力量。当最初的《毁灭》《铁流》《士敏土之图》出版时，他写了一篇广告词："本书屋以一千现洋，三个有闲，虚心绍介诚实译作，重金礼聘校对老手，宁可折本关门，决不偷工减料，所以对于读者，虽无什么奖金，但也决不欺骗的。"这是怎样的一种精神！今天的人们，于声光电色尔虞我诈的生活中，听惯、看惯了种种好话说尽、坏事做绝的广告，早已经连"广告"二字也嫌恶得必欲除之而后快了。现在看了六十年前鲁迅所作的广告，会怎么想呢？兴许会生出许多感慨。事实上，鲁迅哪里是在作广告？你看那字字句句，分明是他全人格的写照。艾青说“一首诗就是一个人格，必须使它崇高与完整。”而鲁迅，即使做广告也倾注了他的全人格。以今天的眼光来看，真是呆得可爱。这还不算，还有呆论呢。有一回鲁迅向许广平夸奖出版界一位朋友（也就是与他合力出版《北平笺谱》的郑振铎）为人处事都很老实，末了说：“在唯利是图的社会里，多几个呆子是好的。”我们现在缺少的不正是这样的“呆子”吗？

《人民代表报》1992年1月25日

鲁迅与山西

读罢《鲁迅全集》，我感到有点遗憾：鲁迅先生怎么从没到过山西呢？

1924年暑假，鲁迅先生应邀去西安讲《中国小说的历史的变迁》，那时他们一行十人途经三门峡，挨着山西的南端泛舟黄河而西行，却没有船泊东岸，在这块贫瘠的土地上留下他的足迹。这怎能不让山西人如我者感到遗憾呢？

不只是遗憾，也有感奋。我的感奋是读到下面的文字时引发的："老十三旦七十岁了，一登台，满座还是喝彩。为什么呢？就因为他没有被士大夫据为已有，罩进玻璃罩。"这段文字见于《花边文学·略论梅兰芳及其他(上)》。老十三旦是山西梆子名演员，享誉京华。他原名侯俊山，艺名喜麟，洪洞人氏，与我同乡。

当然，当我看到鲁迅先生为"中国也竟糊涂到不知"山西籍刻工"张老西"的真姓名而感叹；看到《在酒楼上》那个在太原教书的吕纬甫，竟不能在太原城里买到一朵剪绒花时，也引起我的感奋。而使我感奋最深的，自然还是鲁迅 1933 年 6 月 20 日致太原榴花艺社（1933 年春成立的木刻艺术团体）的那封信了。它使我遗憾的心里感到一丝慰藉：鲁迅先生的足迹虽然没有到过山西，但他的手泽，他那热切关注的目光，在那时却穿过重山阻隔惠及于此。我的心情实在不啻于出家人得到一块佛骨。信不长，全录如下：

榴花艺社诸君：

十一日信及《榴花》第一期，今天都已收到。征求木刻，恐怕很难，因为木版邮寄，麻烦得很。而且此地盛行白色恐怖，仅仅主张保障民权之杨杏佛先生，且于前日遭了暗杀，闻在计画杀害者尚有十余人。我也不能公然走路，所以和别人极难会面，商量一切。但如有小品文，则当寄上。

新文艺之在太原，还在开垦时代，作品似以浅显为宜，也不要激烈，这是必须察看环境和时候的。别处不明情形，或者要评为灰色也难说，但可以置之不理，万勿贪一种虚名，而反致不能出版。战斗当首先守住营垒，若专一冲锋，而反遭覆灭，乃无谋之勇，非真勇也。

此复，并颂

时绥。

鲁迅

六月二十日

需要加以说明的是，“六月二十日”是个非同寻常的日子。这天午后，鲁迅先生冒着生命危险，“往万国殡仪馆送杨杏佛殓”。据当时国民党特务组织蓝衣社的秘密通告《钩命单》，除了杨杏佛，鲁迅也在被“钩”之列，随时都可能遇难，自然是“不能公然走路”了。然而，就在这顶悬利刃的危难关头，鲁迅先生毅然跨出门去，而且特意把钥匙留在家里，以示决绝。“皜皜焉坚贞如白玉，懔懔焉劲烈如秋霜”，无怪乎当时与鲁迅并肩同往殡仪馆的许寿裳，十多年后追忆他的这位畏友时，仍按捺不住无限敬佩的心情，发出了这样的赞叹。

兴许是慑于先生的震怒，抑或是感于先生的大义，蓝衣社的特务们没有下毒手，我们的鲁迅先生安然返回了他的寓所。随后，即在“何期泪洒江南雨，又为斯民哭健儿”的心境中，遥望北国，伏案拈笔，给远在太原的不相识的青年朋友，写了上面这封诚恳、切实、极具指导意义的信。我想，仅此一端，就足够使山西的文艺家们作为永恒的纪念了。

《人民代表报》1992 年 3 月 28 日

鲁迅铭记恽铁樵

李国涛先生 1 月 25 日在太原晚报副刊提及，恽铁樵主持《小说月报》时，经手发表了鲁迅第一篇文言文小说《怀旧》。国涛先生认为：“这也该算是文学史上可记的一笔吧。”

我想起恽氏当年为这篇小说写的一段批语，是这样的：“实处可致力，空处不能致力，然初步不误，灵机人所固有，非难事也。曾见青年才能握管，便讲词章，卒致满纸饾饤，无有是处，亟宜以此等文字药之。”寥寥数语，在恽氏不过兴之所至。但，它却是我们现在所能见到，最早评论鲁迅作品的一段文字。大哉若鲁迅先生，晚年已记不起这篇小说的标题和署名，然而却清楚记得恽氏其人、批语其事。他在致友人的信里写道：“我的最初排了活字的东西，是一篇文言的短篇小说……内容是讲私塾里的事情，后有恽铁樵的批语，还得了几本小说，算是奖品。”

平缓的语调中，我们看到大师对一位编辑的感念。

《太原晚报》1997 年 12 月 9 日

傅山与鲁迅

丁刊《霜红龛集》有两首五古，都写到老虎。枕侧读之，睡意顿消，神清气旺者久之。卷四《柏窊》：“窗外有虎迹，窗中冥坐吟。彪炳此畏友，总胜奴文人。”卷五《遇虎有作》：“轰传吾遇虎，讯问劳朋友。惊询遌彼时，何如心动否？回想加谛忆，恐怖实未有。文章不彪炳，声气雌吱狃。攫搏亦自雄，吾终以为狗。”据丁氏《傅青主先生年谱》，这两首五言古诗都是傅山晚年所作，相隔仅六年。前诗作于康熙十四年（1675），时年六十九岁。柏窊，据闻就是中阳县产柏籽羊的所在。凭窗见虎迹，不惊不惧，而想到交友，摒斥奴性十足的文人。后诗作于康熙二十年（1681），时年七十五岁。这一回不止见到虎迹，更见到“白额狰狞”的老虎，但亦“恐怖实未有”，且由此想到为文，厌弃“攫搏亦自雄”，终归“声气雌吱狃”的狗文。

傅山是“生既须笃挚，死亦要精神”的，唯其如此，虽慨叹“触目难为群，何必在禽兽”，但到底修养了一副坚贞雄迈的心力，足以彪炳千秋，为后世范。

鲁迅晚年，落寞孤怀近于傅山。《半夏小集》（七）表达了与傅山同样的心志，但更决绝，更彻底。

庄生以为“在上为乌鸢食，在下为蝼蚁食”，死后的身体，大可随便处置，因为横竖结果都一样。

我却没有这么旷达。假使我的血肉该喂动物，我情愿喂狮虎鹰隼，却一点也不给癞皮狗们吃。

养胖了狮虎鹰隼，它们在天空，岩角，大漠，丛莽里是伟美的壮观，捕来放在动物园里，打死制成标本，也令人看了神旺，消去鄙吝的心。

但养肥一群癞皮狗，只会乱钻，乱叫，可多么讨厌！

手头适有这篇文章的手稿影印件，末句原为“但养胖一群癞皮狗，在世界上有什么用!”改成现在这样，足见先生对癞皮狗厌恶已极。

傅山和鲁迅，都有一副坚贞雄迈的心力，绝无鄙吝之心。尝见文人，大作不断，频年见诸报端，时或“攫搏亦自雄”，而精神境界终未见提升。当以傅、鲁二公文字药之。

《火花》1998 年第 2 期

鲁迅的“厚道”

韩石山先生的新著《少不读鲁迅　老不读胡适》，颇具视觉冲击力。作为学术著作，我喜欢韩著的叙事风格，对有的观点则有不同的看法。

我想举个例子。

在“青年必读书”事件中，韩著考证出鲁迅开列“青年必读书”的书目在胡适、梁启超、徐志摩之后，但后来鲁迅自己“添加”开列书目的日期把时间故意提前了。其实两年前胡适、梁启超已各有书目公开，鲁迅“添加”日期（二月十日）想“避开”什么不是徒劳吗？至于要“避开”徐志摩就更没有必要了。徐志摩开的书目有八本外国书、两本中国书（实际是两个半部），这与鲁迅“我以为要少——或者竟不——看中国书，多看外国书”的看法几乎没有什么两样，只是表达方式不同（鲁迅更讲出了一番道理）而已。鲁迅要“避开”什么呢？莫非怕读者看见他和徐志摩的意见雷同？或者担心别人说他受了徐的影响？倘若预先真有这样的考虑，为什么不在当初投票时就索性写上，而偏偏要等到编《华盖集》时才来“添加”，那不是太迟了吗？

由此我想，如果那个日期真的如韩著所说是“添加”上去而且错了，恐怕只能看作是一处笔误。况且韩先生在序言中称，他的研究不涉及鲁迅的私德，“只看他在那个大的历史时期站在什么立场，起过什么作用”。照此看来，则上述关于“添加”一事的考证愚以为不做也罢。

接下来，韩著引述鲁迅曾经应友人许寿裳之请，给他的儿子许世瑛开过书目，便说：鲁迅只给好朋友的儿子开书目，“不给别人开，更不肯开给那些愿意学习国学的青年看”，“这就不厚道了”云云。我想这是另一个见仁见智的话题。

依我看，给好朋友的儿子开书目面对的是个体，而在《京报副刊》上登“青年必读书”面对的是群体和社会，在这个问题上鲁迅有所区别正是应该的，理性的。从这里正可以看出鲁迅对青年和社会的担当，他“对年轻人怀着无限的好心”（巴金语），他的态度是严肃、认真、负责的，不像徐志摩似的借此“玩起了花样”。当然才子型（也有非才子的一面）的徐志摩借此玩点花样，本色如此，也饶有趣味；而鲁迅式的回答更耐人寻味，促人思考。

记得鲁迅后来解释为什么要开那样的书目时，拿喝酒作比喻，说他年轻时喝酒伤了身体，后来便劝年轻人尽量少喝或者不喝，甚至说他就是开了棺材铺也不会歌颂瘟疫等等。这也正可以看出鲁迅的厚道。

再说，鲁迅写《青年必读书》在前，许寿裳回忆鲁迅给他儿子许世瑛开书目在后，倘若真的两相对照就显出了鲁迅的“不厚道”，则鲁迅生前这位厚道的至交，怎么能不为贤者讳，任由他的一支“董狐笔”陷亡友于不义呢？

写于 2005 年 12 月，发表于

《鲁迅研究月刊》2013 年第 9 期

章太炎绝食后复食与鲁迅无关

鲁迅先生对于太炎先生是很尊崇的，每逢提起，总严肃地称他太炎先生。当章先生反对袁世凯称帝的野心时，曾经被逮绝食，大家没法子敢去相劝，还是推先生亲自到监狱婉转陈词才进食的。

上面这段话见于许广平《民元前的鲁迅先生》。此文1940年7月在《文阵丛刊:水火之间》五卷一期发表，署名“景宋”。1956年10月上海新文艺社出版王冶秋著《辛亥革命前的鲁迅先生》作为附录收入。马蹄疾录《许广平忆鲁迅》（广东人民出版社1979年版）亦予收录。近读《章太炎学术年谱》（姚奠中、董国炎著，山西古籍出版社1996年版），又见到这段话（引录者误为“王冶秋说”），这才有了疑问。因为此前我刚刚读了刘成禺《洪宪纪事诗本事簿注》（山西古籍出版社1997年版），此书卷二“章太炎入京”条附录的吴宗慈《癸丙之间太炎言行轶录》，对 1914 年 6 月章太炎在龙泉寺绝食及复食经过有比较详细的记载，但无一字及于鲁迅，与许广平的说法完全不同。我又查阅了《鲁迅日记》、徐一士《一士类稿》（山西古籍出版社 1996 年版）和马叙伦的《我在六十岁以前》（北京生活·读书·新知三联书店 1983 年版）。从《鲁迅日记》中得知，“癸丙之间”鲁迅本人没有关于劝太炎复食的记载；从徐、马两人的书中得知，章太炎继 1914 年 6 月在龙泉寺绝食后，又于同年底在钱粮胡同再次绝食，但复食经过亦与许广平的说法完全不同，且无一字及于鲁迅。这就更让人怀疑“还是推先生亲自到监狱婉转陈词才进食的”的真实性了。

第一次绝食

据《癸丙之间太炎言行轶录》载，1913 年秋章太炎入京后，先寓化石桥共和党本部，以共和党副理事长的身份（黎元洪为理事长）主持党事。狷介的太炎先生尚未在化石桥站定，就被袁世凯的四名便衣宪兵“保护”起来。友朋弟子中“日共谈话者为宗慈与亚农、张真吾三数人耳”。宗慈字蔼林，共和党干事，太炎尝为其《庐山志》作序，称之为“余友”。后太炎大闹总统府被幽禁至龙泉寺，吴宗慈又“偶候起居”。可以说，吴氏是太炎第一次绝食及复食的见证人。关于太炎此次复食经过，吴氏这样写道：

绝食既数日，袁询左右，孰能劝进食者。王揖唐曰："能。"揖唐本先生门下士，在沪同办统一党。趋龙泉寺，先生命进见，见即斥之曰："汝来为袁世凯作说客耶?"揖唐曰："是何敢?"与道家常及他琐事甚久，先生色少霁。揖唐漫然曰："闻先生将绝食死，有诸?"曰："然。"曰："其义何取?"曰："吾不待袁贼来杀，宁自饿死耳。"曰："先生如此，袁世凯喜而不寐矣。"曰："何故?"曰："先生试思之，袁世凯果杀先生，易耳。今若此，可知其非不欲杀，乃不敢杀也。袁氏之奸，等于阿瞒，先生之名，过于正平，所以不敢者，不愿千秋万岁后蒙杀士之名。先生自愿饿死，袁既无杀之名，又除腹心患，先生为袁谋甚善，其自谋何疏!"先生瞿然曰："然耶?"趋以食进。

徐一士《一士类稿·章炳麟被羁北京轶事(一)》则另有一说：

事闻于袁氏，不欲蒙逼死国学大师"读书种子绝矣"之咎，因谆嘱京师警察总监吴炳湘，妥为设法劝导处置，俾不至以绝食陨生。官医院长徐谋……以医生之资格，慈善家之口吻，说章得允，于是徐遂暂作章之居停主人，绝食之举无形转圜矣。此为是年夏间事。

吴宗慈所写多亲历亲见，其述王揖唐劝食一节当为可信。徐一士所写虽“多闻之于钱玄同先生”，但钱玄同为太炎早期三大弟子之一，太炎幽禁期间他又常去看望，其说亦未可轻废。很可能吴徐两说事实俱存，则太炎在龙泉寺复食系王揖唐、徐医生之力，而非鲁迅。

第二次绝食

吴宗慈的文章没有提及太炎第二次绝食及复食经过。姜义华在一篇文章中说：“同年（1914）底，他（太炎）又第二次绝食，持续两周。”（见《辛亥革命时期的历史人物》，中国青年出版社 1983 年版）。据《一士类稿·章炳麟被羁北京轶事（二）》记载：

章氏民国三年夏末，由本司胡同迁入钱粮胡同新居（房租每月五十四元）后，眷属未至，甚感寂寞。未几，其门人黄季刚（侃）应北京大学教席之聘来京，……谒章之后，即请求借住章寓，……黄本章氏最得意之弟子，章亦愿其常相晤谈，以稍解郁闷，因欣然许之。

但不久黄季刚突然被警察逐出，太炎见客的自由亦被剥夺。太炎愤极，“谓凌逼至此，尚有何生趣，于是复实行绝食，以祈速死。”钱玄同等人闻迅后，亟起营救。他们面见警察总监吴炳湘，要求解除太炎接见来宾的禁令，说只有这样才有复食之可能。吴炳湘不敢“过执”，“乃许其门人及友朋无政治色彩者仍得入见。”太炎则坚不复食。钱玄同等人力劝未果，只得暗中把少量藕粉放到茶杯里，希望稍得补救（因太炎绝食后，“谷食悉废，仅尚饮茶耳。”）但此计被太炎识破，未能奏效。时值寒冬，太炎连北京用来御寒的煤球和白炉子亦弃置不用，唯以傲骨挡严寒。徐一士写道：“章既绝食，卧于床，床近窗，窗有破处，尤易为寒风所侵，气息奄奄，决意待尽，其状甚凄惨也。而乃绝处逢生，忽有转机。”这转机来自马叙伦的婉劝。1947 年马撰写回忆录《我在六十岁以前》时说：“有一位徐一士先生根据钱玄同先生说的话，记这件事，实在有点不对。我也不用多辩，只把我身经的情形写在这里。”——

他（太炎）绝食的第二日，我才得了信息，一清早由西南城赶到东北城，进了他的卧房，三条棉被裹了他的身体睡着。这是冬天不消说了，北京大家小户，都生火了，他住的房子又高又大，可是连一个白炉子也没有，因为他防袁世凯又用煤气熏死他。因此，我连一件敝裘大衣，也不敢脱，只是身上感觉沉重，两只脚几乎没感觉了，只好在他房里不停地兜圈子，一面走，一面向他种种譬解。他是九流三教无所不通的，寻常言语，休想打动他，幸而我还有几套，忽然谈孔孟，忽然谈老庄，忽然谈佛学，忽然谈理学；谈到理学，他倒感觉兴趣，原来他对这门，以往还缺少深刻的研究，这时他正在用功，所以谈上劲了。但是说到本题——劝他复食，他就另来一套。他说："全生为上，迫生为下，迫生不如死。"这是《吕氏春秋》里的话，他用来说明他绝食的理由，我又用别种话支吾了他，一直说到下午八时，他的精神倒越兴奋了。我的肚子里却咕噜咕噜地叫了。我看准了他不至于坚持了，便告诉他我受不住，要他陪我吃点东西，他居然答应了。我便做起主人来，叫那位听差兼司厨的进来……我吩咐他做两碗鸡子儿来。因为饭是赶不及办了，也防章先生饿的时候吃多了怕不方便。一忽儿两碗鸡子儿搁到他床边，我先递一碗给他，他一口一个，不消一分时便落肚了。我再递那一碗预备我吃的给他，他也不推辞，照样落肚了。我算完成了今日的任务，便叫那位听差兼司厨的给他洗面，又吩咐他们好好伺候，就离开了他。

这是马叙伦亲自所写“身经的情形”，足资可信。

从以上徐、马二人的记述中可知，太炎第二次得以复食，关键人物是马叙伦，亦非鲁迅。

再看《鲁迅日记》

太炎入京前一年，即 1912 年 5 月 5 日，鲁迅已随教育部从南京迁到北京。《鲁迅日记》正是从这一天动手，直到先生临终前两日才搁笔的。我们要了解“癸丙之间”鲁迅与太炎的交谊，《鲁迅日记》无疑是最可信的档案资料。查《鲁迅日记》，“癸丙之间”鲁迅曾三次去“谒章师”。

第一次是 1914 年 8 月 22 日，“午后许季市来，同至钱粮胡同谒章师，朱逖先亦在，坐至傍晚归。”许季市即许寿裳，朱逖先即朱希祖，都是太炎的门人。

第二次是 1915 年元月 31 日，“午前同季市往章先生寓，晚归。”

第三次是两周后的 2 月 14 日，“旧历乙卯元旦。……午前往章师寓，君默、中季、逖先、幼舆、季市、彝初皆至，夜归。”君默即沈君默，中季即钱玄同，幼舆即马裕藻，彝初即马叙伦。

从三次“谒章师”的地点看，最早的一次，已是太炎在龙泉寺复食后辗转迁居的钱粮胡同，时间上则比太炎第一次绝食晚了八十天左右。后两次虽在钱粮胡同（即太炎第二次绝食的地方），但太炎第二次绝食的时间为 1914 年底，且绝食第二天晚上即由马叙伦劝而复食，而鲁迅这两次去“谒章师”已远在太炎复食后第二年（1915）的元月底和二月中旬。可知太炎两次由绝食到复食期间，鲁迅都没见过他，则“亲自到监狱婉转陈词才进食”又从何说起呢？

或问，会不会有另外一种情况，即鲁迅确曾“亲自到监狱婉转陈词”而日记中失记呢？敝见认为，以鲁迅对太炎先生的尊崇，每次去“谒章师”，都会作为当天的大事写进日记，就像我们现在所能看到的那样。既然“癸丙之间”《鲁迅日记》无一日或缺，吴、徐、马诸位当事人和知情者的著述中又无一字及于鲁迅，据此即可推断：太炎两次复食，鲁迅无与其事。

《晋阳学刊》1999 年第 2 期

姚奠中先生的一封信

1998年初，北岳文艺出版社正在编辑出版《张瑞玑诗文集》。这时张瑞玑先生的曾外孙王宪，从兰州给我寄来署“馀杭章炳麟撰”的《故参议院议员张君墓表》。这篇“墓表”是复印件，原件用毛笔抄写，藏于陕西省政协。因为要收进书里，“墓表”的真伪必须得到确证。谁能确证呢？我想到章太炎先生的入室弟子姚奠中先生，便冒昧地给姚先生写了一封信：

姚先生：

您好！先生乃今日吾晋学界鲁殿灵光，今敢冒昧驰书相扰，只因有一宗悬案，唯先生一人之识力可决。

我手头有一篇《故参议院议员张君墓表》，署“馀杭章炳麟撰”。“张君”即赵城张瑞玑衡玉先生。此文由衡玉先生曾外孙王宪复印寄来，原件藏于陕西省政协。看笔迹，显然非太炎先生法书；查《章太炎全集》，亦未收此篇。闻先生大著《章太炎学术年谱》成，不知可曾提及此事？今将原文呈上，乞先生拨冗一顾，决此悬疑。衡玉先生行状，拙文《张瑞玑其人》记之较详，或可参酌，亦附于后。

专此布达，敬候佳音。恭请

雅安！

卫洪平谨拜

1998年1月9日

一个月后，我收到姚先生用钢笔写的回信：

洪平同志：

来示及附件并悉。

今就《张君墓表》一事，祇答如次：

先师晚年为文，志表较多。有自作也有代作。自作者，多为品行功德可传者；其不愿自作者，则概由孙世扬（鹰若）代笔。似“张君”之节概，必为先师所自作。当然，复印件之底稿，当出于别人所抄，而非先师墨迹。

拙作章先生《学术年谱》，未涉及此篇。而你所查全集，不知何时何版？真全与否？1937 年《制言》所载先师《纪念专号》，后附有沈延国等所辑先师著述全目。惜此次搬家后，此专号遍觅无着。故未能予此“墓表”作出确证。甚憾！

大作《张瑞玑其人》一文，使读者对前贤有全面了解，甚好，很有意义。

事冗，稽复为歉！匆匆不尽。祝

好！

姚奠中

1998 年 2 月 10 日

收到姚先生的信，特别是看了姚先生断然说的“似‘张君’之节概，必为先师所自作”，我心里就有底了。我想，以姚先生之尊，能下此断语，即使再找不出什么证据，出书时也可以把“墓表”印上去。可喜的是，姚先生在信中实际上已经指明了找到“确证”的具体线索。于是我打电话给省图书馆的高和平君，请他查找《制言》杂志。第二天高君就告诉我找到了。这篇“墓表”发表在 1936 年的《制言》半月刊第 14 期，其时章太炎先生刚刚辞世。该刊由章氏国学讲习会发行，章太炎先生担任主编。我拿到杂志的复印件，心里特别高兴。衡玉先生逝世七十周年了，他的诗文集才首次出版，现在把已经确证的章太炎撰写的“墓表”拿来压卷，真该感谢姚先生。

更让我感动的是，我寄给姚先生的那篇拙作《张瑞玑其人》，是从文汇读书周报上复印的，字号很小，篇幅却很长，约有一万字。其时姚先生已是八十八岁高龄，他老人家竟把拙作看完了，得出“似‘张君’之节概，必为先师所自作”的结论，并且在信末品评拙作，鼓励我这样一个未曾谋面的后生小子。

这封不足三百字的短信，不只是解决了一宗“悬案”。它所彰显的，乃是姚先生宽厚、谦逊的人格风范，以及严谨、负责、求真的治学精神，使我深受教益。哲人已逝，典型犹存！

《太原日报》2013年12月30日

想到了力群

和许许多多从那个时代过来的、永远值得人们尊敬的老同志一样，延安是力群心中的一块圣地，在这里他度过了“一生中最值得怀念的”六个年头。当 1940 年初他怀着一腔热血，带着木刻刀跨过延河时，虽年仅二十八岁，却已经是被鲁迅多次称赞过的木刻家了。他是在鲁迅影响下走上木刻道路的，并因此而坐牢。一年多的牢狱生活对一个热血青年来说是难得的锻炼。综其收获，可说有两方面：一个是将有些女气的原名郝丽春改得现在这样更像一个男子汉；二是意志更加坚强，为“劳苦大众服务”的木刻道路算是走定了。从此，“力群”这个名字就和中国新兴木刻运动紧紧连在了一起。这个结果恐怕是国民党当局不曾料想到的。

在延安，力群从一开始就是“鲁艺”美术系的教员，然而他却感到“我一走进‘鲁艺’的大门就深感自己在各方面的空虚，不论是在马列主义方面，还是在艺术理论方面，都有一种如饥似渴的求知欲”。因此他像一名学生那样，经常拿着一个小板凳去听周扬、宋侃夫、周立波等人的课。但对他的艺术思想产生重大影响的还是毛泽东《在延安文艺座谈会上的讲话》。一年前，他在一次国际性的赵树理学术讨论会上说：“我也是参加了 30 年代的左翼文化运动的人，从 1933 年开始从事木刻创作时，就曾以‘为劳苦大众服务’而标榜，但由于作品的欧化风未能被劳苦大众所喜闻乐见，仅仅在部分知识分子中流行，因此这美好的标榜就未曾兑现。直到参加了延安文艺座谈会，聆听了毛主席的讲话后，我们才注意到向农民喜爱的剪纸、年画学习，从而创作出为工农大众喜闻乐见的美术作品。”这类作品，除了被周扬赞赏的《帮助群众修理纺车》外，还有《伐木》《丰衣足食图》《延安鲁艺校景》等二十多幅。当然也还有离开延安后创作的《织布》《选举图》《林茂羊肥》《抗旱浇麦》等。

除了木刻，力群晚年的文学创作也是值得称道的。刻刀和钢笔是两件不同的表现工具，力群之所以在操刀向木之余还常常拿起笔，大概是受了种种为刻刀所无法表述的情感的驱使，而且似乎越到晚年这类情感越多。这只要看看去年北岳文艺出版社出版的《力群散文选——马兰花》就可明白。在这本二十三万字的集子中，有四分之三的作品是他七十岁以后的创作。对多数人来说，七十岁意味着什么？是“古道、西风、瘦马”，是“无边落木萧萧下”。而对于力群来说，七十岁是一次转折，是一个契机。

如果说，在这之前，力群只是一名作出了杰出贡献的版画家，那么从七十岁开始，他就用笔向世人揭示了他作为版画家的另一个重要的侧面，即他还是一位有特色的散文家。

在他的文学作品中，我最喜欢的要数《我的乐园》了。这一组回忆童年生活的散文有两万多字，是力群七十岁那年即1982年应《小学生》编辑部之约写下的。摘茹茹、打酸枣、看圪羝打架无非是惯见的农村儿童的生活小事；丢胡胡、黄鹂鹂、毛狖狸、串山林也无非是荒山野岭里一些普通的小生灵，但在力群的笔下变得多么有趣、可爱啊！请看:

> 当春天来到的时候，我的乐园充满了无限的生机。柳条在和暖的春风中开始放发出新绿的芽，蒲公英在绿草中开出了小黄花。……好像石鸡们也为之高兴，它们在山岗上咯咯咯地笑着，震荡得从严冬中苏醒了的山峦也报之以回声。
>
> 粉红色的杏花开了,蜜蜂在花间嗡嗡地唱着,茹茹的灌木丛也开出小白花来,在杏树下悄悄地放出清香。
>
> 红艳艳的桃花也开了，桃园的绿草中点缀着蓝色

的猫眼花和紫色的荞璐璐花。我和小姑娘们一面采摘一面唱着童谣：荞璐璐花，登登镲，好女嫁给老鼠家。

读这样美妙动人的描述，就仿佛眼前摆着一坛沉埋了多年的老酒，被主人缓缓启封后浓香四溢，真能把人醉倒。那打开陈酿的主人呢，自然更是醉得可爱。继《我的乐园》之后，力群一口气写出了《失乐园》《煤窑的旅行》《我的奶妈和奶爹》《我的第一位老师》《官道的故事》《一次难忘的劳动》和《我的高小》等七篇散文，他把这七篇散文连同《我的乐园》寄给上海少儿出版社，很快就精装出版了，并被评为当年度上海市优秀作品，获“儿童文学园丁奖”。次年，即1985年，中国作协吸收力群为正式会员。

我是去年才结识力群的。他戴着一顶旧的黑呢帽，穿着一身同样旧的黑呢制服，身材瘦小而硬朗，精神健旺。我去的那天是星期二，他告诉我，晚上他还要去河西网球馆打球。

“每天吗？”我问眼前这位年届八旬的老人。

“一周两次，周二和周四。”他微微一笑，平静地说。

《太原晚报》1992年7月30日、31日

访钟叔河先生

我有幸两次在长沙“念楼钟寓”拜访过钟叔河先生。

第一次是 2003 年 11 月。因为有大哥卫建民的介绍，钟先生没有任何客套，平和地把我让到客厅的沙发上。宽大的客厅里摆着一张台球案子，想来是老人平时编书、写书累了，便打上几杆，舒活筋骨吧。地板是锃亮的黑色大理石，墙上挂着沈从文、黄永玉的字。

紧靠沙发是一个躺椅，老人就靠在躺椅上，用极富韵味的湘音跟我聊起来。此前我已读过中华书局 1984 年出版的《走向世界》，深深折服于钟先生的思想和文采。书中收集的是他为《走向世界丛书》里每一部书写的叙论，他给这本书加了一个副标题：“近代中国知识分子考察西方的历史”。钱锺书先生“主动”给此书作序，称首次在《读书》杂志看见这些文章，“就感到惊喜”；又说，“我的视野很窄，只局限于文学，远不如他眼光普照，察看欧、美以及日本文化在中国的全面影响”；“叔河同志的这一系列文章，中肯扎实，不仅能丰富我们的知识，而且很能够引导我们提出问题”。

钟先生早年饱历苦难，一双眼睛却依然那样清澈、纯净。我们谈了两个多小时，钟先生腹笥之广和惊人的记忆力让我叹服。临走时钟先生引我到“念楼北屋”，指着满书架他的著作，问我要哪几种。我选了《念楼集》和《书前书后》。老人坐在书桌前签名，又找了一个信袋，把书装进去递给我。几天后我就把《念楼集》读完了，特别喜欢书中那些浇胸中块垒、“多言外意”的钟氏风格的文字。我给钟先生写了一封信，很快就收到回信，我从回信里真切感受到钟先生虚怀、求是、谨严不苟的风范。

八年后，即 2011 年 3 月，我第二次去长沙，住在岳麓山下的枫林宾馆。我有个愚见，人跟书一样，有的人似中外古今的名著名篇，滋味绵长，常读常新。在我眼里钟先生便是这样的人。于是下榻后来不及盥洗，就跟钟先生电话约好，公事结束后去念楼拜访。电话里钟先生的声音中气十足，语音清晰，全然不像年过八旬的老人。

那天是个周末，出租车在橘子洲大桥遇堵。接连两天都在下雨，现在雨停了，天还是灰暗阴沉。从车窗看出去，橘子洲、长沙城笼罩在蒙蒙云雾之中。下午 5 点钟才来到营盘东路

38 号那座高层住宅楼下。物业很好，楼道、电梯洁净如洗。上到二十层，出电梯左拐，迎面看见防盗门上铸铜的“念楼钟寓”。保姆小谢应着铃声跑过来开门，钟先生已站在门厅了。

与八年前相比，钟先生脸上多了几颗老人斑。钟夫人已经去世，我感到念楼里不免有些孤清。客厅靠窗多了一张书桌，上面摆着正在校阅的书稿。那张台球案子依然摆在客厅中央。

落座后，钟先生顺手拿过一张校样给我看，是胡适手书的长卷。一边说：“这是前些年出过的一本书，现在要重印。”又递过一册已出版的《林屋山民送米卷子》，说：“原来印得不好。本来是长卷，印的时候分开了，这次重印就印成长卷。”

我俯身看胡适那个手书的长卷，见上面密密麻麻、但又是整整齐齐地用红笔标明校正的字、标点和各种符号。这是钟先生一贯的风格。

书桌上有一个中国社科院的牛皮纸信封。钟先生告诉我，这是百岁老人杨绛先生的亲笔信，说着取出信来，指给我看那一笔不颤不抖、不歪不斜、娟秀清丽的小字。钟先生还念出声来，对一些内容做着注解。征得钟先生同意，我用相机把信封正面拍下来，留作纪念。

钟先生念完信，重新折好装进信封。他似乎想起什么，站起来，一边走向客厅靠墙的书柜，一边说：“我要送给你和你哥哥卫建民一套书。”书拿来了，是两套，放在我面前的小方桌上。一套装在硬纸盒子里，一套没装盒子，码得整整齐齐。原来是湖南美术出版社新版的《念楼学短》，五个分册依次为，《逝者如斯》《桃李不言》《月下》《之乎者也》《勿相忘》。书的体例和版式与前些年出版的《学其短》《念楼学短》一样。钟先生扭过身伏在靠窗的书桌上，给两套书分别签了名。

我因为过几天就要调往大同工作，便请钟先生赐教。钟先生随手拿过一张白纸，稍加思索，写道：“为政不在多言，但力行何如耳。”又在一旁注明，“这是知堂最喜欢引用的一句古人言”。

钟先生吩咐小谢多蒸米饭，留我吃了晚饭。

我在返回枫林宾馆的车上端详着《念楼学短》，这套书真是漂亮。让我感到好奇的是，每本书的厚度几乎完全一样。回到宾馆逐册查验，果然除第五分册“勿相忘”是二百一十一个页码外，其余四个分册全都是二百一十三个页码。全书共计五百三十篇。这是多么考究、清爽、益智的一套书啊！

略说流沙河

尝对人言：平生喜读“两河书”。“两河”者，就是流沙河、钟叔河两位先生。元月 30 日，在文汇报电子版“笔会”上读到流沙河《为奥运福娃寻根》，愿略为之一说，兼及杨朔。

大约有十四五年了，我对流沙河先生的书，碰到就买，文每见必读。我读流沙河，是一个字一个字地读，连标点符号也不肯放过。窃以为流沙河先生的文章，不是一句一句地写，乃是一个字一个字写出来的。不逐字去读，绝难参悟其文字妙处，似乎亦对不住老先生。

《为奥运福娃寻根》，一千八百字，字字有来处，纳中外，贯古今，吐真知，富意趣。从除夕到大年初一，手机短信铺天盖地，初二便能咀嚼这样好的一篇文字，谁说不是福气。

文中提到北朝鲜某处老宅院的一副汉文对联，出自杨朔长篇小说《三千里江山》，引起我的兴趣。对联是：“应天上之三光，备人间之五福”。

流沙河先生五十年前看的《三千里江山》，应是 1953 年初版本。我生也晚，读这小说比他晚了三十年，情节、人物早忘光了，遑论区区一副对联。经他提起，我想，杨朔小说旨在弘扬爱国主义、国际主义，把对联所体现的五福观念写进去，想必是借中国独有之文化传统（包括对联这种形式），来深化主题吧。

我尊敬杨朔。他真诚而有才气，散文虽因思想局限，每为论者惋惜或诟病，但巧于安排，亦自成一格，颇宜初学者仿作。我久已不读杨朔了，这次因流沙河先生提及，便还想知道，除了引录对联，杨朔对传统文化还说了什么。不想却出乎意料。

正月初六我去书店，买了人民文学出版社 1998 年新版的《三千里江山》。粗粗翻了一遍，在一百一十四页找到这副对联。流沙河先生记忆惊人，过了五十年，联语记得精准。稍稍有点出入的是，小说中，在老宅院看到这副对联的，是火车司机吴天宝，不是“团长武震”。武震也非团长，是援朝大队的大队长兼政委。这并不重要。

重要的是，对这副对联，以及对联所代表的愿景，杨朔的认识与流沙河迥异。我之出乎意料者在此。容我将小说原文抄在下面：

吴天宝今天太兴奋，一时也睡不着。几只蟑螂好大胆子，大模大样爬进他脖领子里，弄得他好痒痒。他翻了个身，仰脸躺着，望着屋梁。梁上怎么还题着中国字，写的是什么："伐千山之佳木，造万世之宝，后世子孙满堂，富贵功名，应天上之三光，备人间之五福。"完全和中国老规矩一个样子。

小说里吴天宝爹妈死得早，他对未来的岳母说："爹妈一死，我住的是黄连寺，吃的是曲麻菜，喝的是栀子水，三伏天，蚊子跳蚤都不叮我，嫌我的肉苦。""风吹雨打，不知怎么就长大了。"(原书第七、第八页)显然，这位火车司机即便识字也极有限，程度尚不到可以读断屋梁上那段文字。按情理，小说中不该出现吴天宝看字这个细节；既然有了，只能理解杨朔是要借吴天宝表达自己的观点。一句"写的是什么"，一句"完全和中国老规矩一个样子"，仅从语气上可知，杨朔对邻国屋梁上这一行汉字，是不以为然乃至鄙弃的。

我多少有点遗憾。时当建国之初，政治还算清明，胡风长诗《时间开始了》很能代表知识分子的心情。杨朔赴朝，创作，小说中加入上述细节，没人逼他。他是自觉如此，真诚所驱。

唯其自觉真诚，使我敬之而又哀之。敬他诗心如火，哀他取舍失准。他那些自成一格的散文，大多写于20世纪50年代中后期和60年代初。而其“思想局限”，早在被敌机轰炸震得乱摇乱晃的朝鲜小茅屋里，就已投下了长长的影子。

杨朔不会知道，小说中那个细节——确切说，应是细节中那一副对联——却“深深感动”了一位苦恋传统文化的读书人。这个读书人比他小了整整二十岁。

流沙河先生在引述那个细节后，深情写道：“五福观念传三千年而不衰绝，远播邻国，深沁民间，真是文化奇迹。”

我想正是因为被“深深感动”了，流沙河才记得那么准，那么深。“深深感动”不久，他即在“阳谋”中遭难，“赤脚裸身锯大木”，“晚来关门读禁书”。不光自己读，还编字典，教孩子读。最可惊羡者，1966年7月至8月，这个“戴罪”的解匠，被上帝赐予的爱火燃烧着，他趴在一条木匠用的长八尺、宽五寸的马凳上，写了七封情书。那是怎样的坚贞，怎样的元气淋漓啊！七封情书劫后复还，冠以诗意氤氲的《七只情雁》发表。木匠马凳上，脱胎了一部20世纪的爱情经典，可称“史无前例”。

左妖滥施淫威，祸延九州。然几十年锯齿啮痕，亦摧不毁流沙河对邻国屋梁上一副汉文对联的记忆。孰坚孰荏，不是很清楚吗？

近年流沙河先生自陈“愿做职业读书人”，附和者甚众。毛西河曰：“天下能文之人可遇，而读书之人难遇，往往数百年不得一焉。”雄于一世的桐城派古文大家方苞，心惮何义门，常把新作放到友人处，阴访何氏评论，以何氏评论为定。何义门有《义门读书记》传世，流沙河先生愿做的，应是何氏这样的“职业读书人”吧。

所以我赞成冉云飞说的，“真正算得上读书人的，以我有限的交往和观察，唯流沙河能当之。”

2006 年 3 月 9 日

椿楸园小记

椿楸园位于太原东山，是刘毓庆老师一处简朴的别业。园门两侧植有一株椿树和一株楸树，白色四方门柱上嵌着一块黑色大理石，上面镌刻着姚奠中先生题的“椿楸园”三个字。这几年我在工作之余，常去椿楸园拜访这位乡贤。

一

下午去东山看刘毓庆老师。

椿楸园里一片安谧，像是到了世外桃园。刘老师拄着双拐，在二楼的楼梯口迎我。像往常一样，我们脱了鞋，盘腿坐在阳台上，喝茶、闲聊。说到赵城“谁园”的开发，他希望将来的“谁园”成为一处公益性的文化场所，可以依托“谁园”建书院，办讲座，培养家乡的年轻人。暑假他回赵城住了一段，写了一首《代张公瑞玑谁园诗》。我请他念出来：“潮头弄罢放歌归，浪浸心湿冷似灰。且筑小园酣酒卧，管他身后属于谁。”

今天更有意外的收获。刚坐在阳台上，我就发现身后有一沓宣纸，写好了字，盖上了印。一边闲聊着，一边翻开赏玩。竟是他的“古文字构”——古文字画意，每一幅都有题诗。他这种新奇的亦书亦画的品类，我第一次见到，是前些年在晋宝斋的姚奠中师生书画展上。本想只挑一幅，但看着看着便贪上了，何不选四条屏把客厅装饰一下？眼前刘老师的“古文字构”，三尺整张的有七八幅，莫非天意巧安排？听了我的想法，刘老师微微一笑，算是答应了。于是满载而归，展于中厅，妻子和女儿环视，满室趣味盎然。

我选的四幅是：

1.《古文字关雎图》，题关雎诗前四句，署庚寅夏六月于椿楸园；

2.《古文字构诗经小星诗意图》，题小星诗，署庚寅夏六月于椿楸园；

3.《古文字金鸡报晓图》，自题诗云：“纵为稻粱在草莱，峨冠金距岂庸才。平生不肯低头语，一唱千门万户开。”

4.《古文字月兔图》，自题诗云：“捣药成丹不计功，但求月魄复生东。一朝四海通明后，我自逍遥草泽中。”

刘老师的诗一派天然，深蕴古意。他的专业是诗经研究，本无意作诗，诗自来也。大概我的看法引他想起什么，便说到一位写诗的朋友。刘老师说："愁啊愁啊，他的诗老是写这些东西。我写了一首诗给他：'食鱼出车拟封侯，底事念念频说愁。断肠如为诗情故，不若上山去牧牛。'"我听了哈哈大笑，直说好诗好诗！

次日起来迟了，打开手机，看到刘老师大清早发来的一条短信，也是一首诗："秋风吹动迟暮情，更叹人生路难行。每惊世事如棋变，唯感君心似月明。"

二

读刘毓庆老师《诗经汇通五篇》。觉博洽宏通，颇有所感，便给刘老师发短信。如下："我感觉《诗经汇通五篇》，每篇'经说'说出的善良仁爱、和平宜家、君臣友情、劳动快乐、礼者敬也，是您对诗经所代表的中国文化基本要义的阐释。您之解诗意在用世，让诗即本初的健康高尚的中国文化精神走进现代人的工作和生活。走进现代才会走向未来。身在书斋，心怀天下，阐旧邦以辅新命，这样的学问才能济世，这样的学人才可称为导师吧。"

刘老师从椿楸园回复短信："不敢当。由博返约，迴真向俗，这是我下一步努力的方向。通过'向俗'而化俗，这是士之任。”这样一种文化使命感和社会责任感，眼下在学术界是是非常可贵的。

三

今天一进门，刘老师就引我到窗台下看两个昆仑石盆景，一大一小，是他精心制作的。每盆各有一块片石上写着一首诗，都是用毛笔写上去的，内容一样，泡在水里，居然没有浸褪。刘老师告诉我，写好以后，用蜡打过，又放到蒸笼里蒸，让蜡渗到墨里边，就不怕水了。昆仑石是他去年到昆仑山游玩时背回来的，写上诗，又这样精心制作，让我来选，真不知该怎样感谢他。

我见他两条腿从膝盖以下都用厚实的蓝毛线织物裹着，问是何缘故？他告诉我：“不能谈了！过年回老家，家里太冷了，除夕才买了保暖秋裤穿上，回来发觉还是让冻坏了。门里有风，别人感觉不到，我这小腿就疼得不行。”我听了很是感慨。

本想见个面，拿上一盆昆仑石盆景就走的。刘老师和嫂子执意留下吃午饭，嫂子说饺子也包好了。刘老师说：“吃吧，也能多坐一会儿。”我也乐得从命。

刘老师开了一瓶壶关的蜂蜜酒。席间闲谈，他说他当文学院院长时跟大家相处，坚持不结党，尊奉《论语》所讲的“小人比而不周，君子周而不比”。他认为《论语》有鉴人术的功能，如：“巧言令色，鲜矣仁。”接着又给我讲了一件亲历的事，在一个接待场合，来客一副巧言令色的样子，客人走后，刘老师对负责接待者说，别信那个人，靠不住的。结果验证了他的话。

走时，刘老师和嫂子把大盆的昆仑石送给我。回来摆到客厅里，注满水，诗句清晰可见。诗曰：“修道昆仑不计年，飘然随客到人间。一身文理一身骨，岂为风流学媚颜。”

飞鬃之气　汗血之华

——诗词中的李旦初

提到李旦初先生，先得说一段“今典”。

现在四十开外的国人都记得，“文革”闹剧中有个大事件，便是1974年初将大型晋剧《三上桃峰》诬为“大毒草”，举国上下有口皆诛、无笔不伐。数年后，该剧的主笔李旦初先生在吕梁山作七律《〈三上桃峰〉平反喜赋》：“沥血呕心吾所愿，长征快马再加鞭。”这不是虚言。倏忽三十年过去了，其“快马再加鞭”的飞鬃之气、汗血之华，结集成煌煌十二卷《李旦初文集》（人民日报出版社2006年版），让人惊羡！

文集中四、五、六、七卷都是诗词，收《嘤鸣斋诗稿》《嘤鸣斋诗稿续编》《嘤鸣词》《历代名人题咏》四部诗词集，占去文集的三分之一。数年前旦初先生自己动手，从上千首诗词中精选了三百零八首，绝句、律诗、古风、长短句，各体皆备，自署《李旦初诗词》，交给北岳文艺出版社出版了。

文集不易得，且说《李旦初诗词》。

在这本诗词中，两首歌行体长诗如长天云锦，耀人眼目，使我诵之再三。一为《红豆歌》，咏美国“飞虎队”司令陈纳德和陈香梅女士的跨国之恋。就连健在而又奔忙的陈女士也被感动了，从大洋那边给诗人写信，称赞此诗“写得很好”。一为《信鸽吟并序》，咏宋氏三姐妹的奇人奇事，悲欢离合，相同祈愿。这两首精心结撰的佳构，早已在国内和全球华人界获得大奖，各路名家叠加品评，称之为“有《长恨歌》之情调，有梅村体之风韵”。我这个门外汉何用多言。

那就借旦初先生的诗词，谈谈我对他这个人的一点认识吧。

诗言志也。旦初先生寄兴于诗，钟情于诗，逸乐于诗。在我看来，诗是他快意恩仇的响箭，啸傲江湖的行板。了解旦初先生，不能不读他的诗词；读了他的诗词，不由你不喜欢、欣赏、佩服这个敦实健朗的湖南人。

旦初先生从大学一年级戴着“右派”帽子时，就开始学写旧体诗词了，但退休前只出了一本《嘤鸣斋诗稿》。退休后他以饮酒、钓鱼、写诗为三大乐事，自谓“老有所养、老有所乐、老有所为”。看得出，写诗对于他来说，不是饭后无聊，消磨时光；不是搔首弄姿，顾影自叹；不是自命风雅，吐酸泄怨。他是把写诗当成“老有所为”的一件正事来做的。

那么，他写诗所“为”者何？

为苍生社稷，为世界福祉。绝不为一己一家、一时一地之得失。这是其诗格高蹈之所在。

零篇短章中，可以举出《怀左权将军》（七绝），《太旧高速公路建成感赋二首》（七律），《航天畅想曲》（古风），还有《水调歌头·读天安门诗词感赋》《沁园春·轩辕庙怀古》等。但他高蹈的诗格在这些诗中不是那么凸显，还没有形成气候。

旦初先生的诗词有一个特异现象，就是“系列诗词”多多，蔚为大观，形成了一种“规模效应”。歌行体除外，绝句、律诗、长短句里都有这种“规模效应”。这在古今诗人中似不多见。显然，这是诗人秉持着一种对国家民族的信念或者信仰，放眼寰宇，慧心识拔，激情贯注，着意为之。其高蹈的诗格在这些系列诗词中得到淋漓尽致的呈现。

《中国历代帝王题咏十一首》（七绝），咏夏商周三代十一名帝王，多为典范，也有警示；

《十大元帅题咏调寄临江仙》，自不待说；

《校史人物题咏》（长短句，选十首），所咏者从李提摩太、岑春煊、刘师培到抗战期间兼任山西大学校长的阎锡山；

《安化十大名人题咏》（长短句），咏故乡湖南安化县名人，其中有清中叶以廉洁闻名、留下“绕案清风、举头近日”美誉的封疆大吏陶澍；

《湘西名人题咏十六首》(长短句)，则有“萍踪浪迹见刚肠”的爱国民主人士、实业家李烛尘，有“辞条十万筑高楼”的《辞海》首任主编舒新城，有“手舞金刚钻，雅兴寄乾坤”的著名地质学家田奇□；

《中国早期留学生名人题咏十二首》(长短句)，所咏者有“几多心事系炎黄”的容闳，有“赤子心存书卷里，煌煌马氏文通”的马建忠，有“早岁英伦习武，归来大战东夷”的林泰曾(林则徐之孙)，有“勤工俭学夺风流”的葛健豪（蔡和森、蔡畅之母)，有“独从末路见精神”的宁调元。还有严复、詹天佑、蔡元培、黄兴、杨度、陈天华、秋瑾，都是热血慷慨之士。诗人着眼于早期留学，深意存焉。

另如《商海古韵四章》(长短句)，高歌“重然诺，把五洲闯遍，无限风光”的丝路精神。《围歼 SARS 三首》(七律)，咏总书记“揪心难寐访羊城”，咏总理“街头巷尾送春温”，咏白衣战士“临床自有英雄胆”。《书愤三首并序》（七律）则因美英联军入侵伊拉克，世界古文明发祥地之一的两河流域遭劫，由此联想到 1900 年英美等八国联军侵华，“忧愤难平”，“追思痛史泪潺潺”，伫望“圆明劫火催人醒，奋发图强卷巨澜”。

湖湘文化中，最令我心仪的便是那种满怀忧患、舍我其谁、手提肝胆、以天下为己任的大丈夫气概。看得出，这种忧患意识和担当之责统摄着旦初先生的诗魂。以此，在他笔下出现最多的唯有国事、乡情、公仇，都是大德大爱大恨，豪情万丈，决无私怨，亦少私情。

诗词中的旦初先生，心胸是豁达宽广的，磊落光明的。就像他咏陈毅元帅那样“襟怀似明镜”，更像他赞赏的林则徐赴戍登程时口示家人的那样“浩荡襟怀到处开”。他不耻言当官。吕梁师专建校，他是首任校长，有披荆斩棘之功。调任山西大学后任常务副校长，主持行政工作有年，多有建树。他也不恋官，“弃官如弃屣，拊髀自吟哦。”

居官也好，弃官也罢，旦初先生都能洁身自持，“耻向人间饮盗泉”。他咏廉，也刺贪，不惜用诗笔给当今贪官们画脸谱。他在《花甲咏怀》中自况：“两袖清风拂，何营安乐窝?”“达则济天下，穷仍出淖菏”。这是毫无愧色的。

旦初先生的诗词如大潮汹涌激荡，似海燕搏击风雷，矫健凌空，灿若彩虹，给人以壮美。

他用这样的诗笔，传神摹写了中华古今诸多豪杰之士。一册在握，典型犹存。

他也给后世留下了一副传真的自画像。

2007 年 12 月 15 日

平静的学者

——高增德先生印象记

我在喧嚣浮躁的现实中讨生活，一心向往的却是安宁和平静。

有一天，我冒昧地打了一个电话，征得同意后，径往坞城路山西省社科院，叩开了高增德先生的家门。

落座“速朽斋”，南窗一盆虎刺梅在午后的阳光下开得正艳。西墙一排书柜爆满了，一直涨到了屋顶。汗牛充栋，就是这样的景观吧。丁东先生在一篇文章中写道：“高先生当兵出身，没有完整的学历，却钟情于真正的学术文化。……他积累资料功夫甚勤,他的书房就是一座20世纪中国学者的资料库。”

我的“敲门砖”是高先生的《鸿儒遍天涯》，这本书是高先生的个人文集，汇集了他近年来撰写的有关20世纪中国社会人文科学的渊源、流派、师承、文化环境等方面的文章，共七十多篇。这些文章的学术视野很广。

高先生皤然老矣，但神定气闲，谈锋甚健：“山西要破两个情结，一是娘子关情结，二是根据地情结。前者保守封闭，后者僵化。这两个情结不破，山西没有希望。”

高先生服膺陈寅恪、钱锺书那一类学者，以“独立之精神，自由之思想”为圭臬。他自己就是一个敢于独立思考、敢于讲真话的学者。

高先生自甘寂寞，不愿成为公众注意的新闻人物。

20 世纪 70 年代末，他受命筹备、主编《晋阳学刊》，走过十年不平坦的道路，使这份杂志在中国期刊史上留下光彩的一页。他僻处一隅，构想、组稿、主编《中国现代社会科学家传略》，权威媒体和权威学者称之为“社会科学发展史的一部文献”，“中国学术史上的一件大事”。他艰苦编纂、举债出版《中国现代社会科学家大辞典》，此书涵盖 20 世纪全球华人社会人文学者。张岱年先生说，此举“可以宋代张横渠论治学来评价：‘为天地立心，为生民立命，为往圣继绝学，为万世开太平。’当之无愧也。”近年他又主编了六卷本《世纪学人自述》，再次引起学界和媒体的关注。当他得知此书出版的消息后竟老泪纵横，觉得压在心头的一块石头终于落了地。

二十多年来，高先生对中国现代学术思想史的贡献煌煌而不朽，这里面该有多少艰辛、挣扎、心酸、苦难？而他只淡淡地说：“我是木匠做枷，自作自受。”

我对高先生说："'五四'前后，在旧文化阵营中有一批山西学者文人，堪称一时之选，但他们身后寂寞，其名不彰，其学术、诗文更鲜有问津者。我想搜集他们的著述、行状等资料，为他们立传，使一般具有文化情怀的人们便于了解。"

我还说，前几年我搜集了辛亥革命后曾任山西民政长的赵城张瑞玑不少资料，写了一篇《张瑞玑其人》，在《文汇读书周报》发表后反应不错，由此促成了《张瑞玑诗文集》的出版，于是更加坚定了这个决心。只是自己身在学术圈外，孤陋寡闻，才识更浅，甚感难以为继。

高先生认为这个想法不错，可以让近代的山西学人走进当代，走进普通读者当中。他说："要写就写走出娘子关，在全国有影响的。"然后，他靠在椅子上，从南到北数起来：平陆张贯山，河津李亮工、晋城郭象升、榆次常麟书……我说沁水还有个贾景德，高先生摇摇头说："他不是学人。跟阎锡山当了多年秘书长，他是个官人。"

高先生接着鼓励我："学术研究也不神秘，选好题，用功就是了。我才干了二十年就小有气候了。"显然，高先生把我做的事划归学术研究了。我认为不可，也不敢。高先生微笑着说："正在做，已经开始了。要成熟一个写一个。我这里的资料你都可以用，可以复印。学术乃天下之公器嘛！"

原来，仅郭象升的著作手稿及手抄本，高先生就辗转搜寻复印了五种十余册，每一册都是珍品。我手里只有民国八年（1919）刊刻的《郭允叔文钞》。我想借一册《云舒随笔》，高先生爽快地答应了。这使我至为铭感。高先生与我素昧平生，竟如此慷慨。这一册薄薄的《云舒随笔》在我手里顿时变得沉重起来。

离开“速朽斋”时，我看到门厅里挂着王元化先生的一幅字：“呕血心事无成败，拔地苍松有远声。”我在“速朽斋”所领受的，岂只是书斋的安宁和主人的平静？

高先生正好要去看老朋友张颔先生。张颔先生住北城，他住南城。怎么去呢？高先生说：“坐电车。我过七十了，可以免费。”依然是神定气闲，我却感慨起来。现在屁大的官都有专车，博雅如高先生者却只能挤公交车。还好，“可以免费”，毕竟社会是进步了。

我还是幼稚，多此一议。其实人生到了高先生这样的境界，宝马香车早已不足为怀了。

《山西日报》2003 年 3 月 18 日

收藏历史细节的老人

1997 年 10 月，我意外地收到从古城洛阳寄来的一封信。寄信者还附了一份自己的简历。看后心里一热，遂放下手头的工作，恭敬、认真地回了封信。

寄信者叫张广祥，是 1947 年从赵城南下的一位老干部。信里说他看过我写的有关赵城人文史料的文章，而他也热心于此。

我小时候就听说，临近解放，我们那一带南下干部特别多。河南、四川，最远的到了云南。站在老家的窑顶上，呆想着马队、大炮，跨河翻山的滚滚铁流，心里一片茫然。那时全面胜利在即，斗争还是非常惨烈。张广祥有篇文章，记述刚到河南，就有五位同志壮烈牺牲了。他是幸存者，一直在地方工作。1991 年离休。

离休前他是洛阳市人大常委会副主任，兼洛阳市地方史志编委会常务副主任，河南省地方史志协会理事。离休后一直受聘为《洛阳市志》《洛阳年鉴》的顾问。起初我感到纳闷：这样经历的一位老人，怎么会干起史志编纂这个行当？还是在洛阳这个九朝故都？

后来陆续收到他编著的几本书：《洛阳修志实录》《随感与求实》《英雄的赵城儿女》和两册《太岳一分区赵城县革命史料》。我才明白，从青年到壮年，张广祥度过了“激情燃烧的岁月”。不同的是，他苦心自学，动笔也勤。以他的资历和身份，台上台下经常要讲讲话、发发言，我看了他那些讲稿，文风很正，立论实在，有啥说啥，没有沾染一点党八股。肯定是他自己写的，绝非秘书代劳。我在机关工作多年，深知官场积弊，像他这样的真是如麟似凤，不禁为之一叹。

他在花甲之年成为九朝故都洛阳史志界的实际领导，深孚众望，自是得其所哉。

我最感兴趣的，是他收集整理的那些赵城人民革命史料。

老年人总是耽于回忆。广祥老人的可贵在于，二十年来以一人之力，唤起、组织、撰写、编印群体的血与火的回忆。他的目光盯着六十多年前太岳革命根据地，盯着抗日烽火中“英雄的赵城儿女”。朝于斯，夜于斯，这几乎成了他离休后全部志趣和心力所在。

特别是他收集、编印的赵城人民抗日史料，保存了一些重要的历史细节，弥足珍贵。

八百年前的平阳，是金代著名的北方刻书中心。其时有一位潞州女子崔法珍断臂募捐刻印大藏经，历经三十年始功德圆满。20世纪30年代，上海的范成法师继在西安发现宋刻《碛砂藏》，并联络叶遐庵（恭绰）居士等影印出版之后，又四处访查，终于在1932年夏，经一位老头陀告知，才在赵城广胜寺发现这部金代雕版的大藏经。因刻于金代，藏于赵城，故称之为《赵城藏》或《赵城金藏》。这是20世纪中国佛教典籍最重大的发现之一。消息轰传海内外，尤其在日本佛学界引起震动。赵城广胜寺由此也闻名天下。

抗战中，离广胜寺两公里就有一座日寇的碉堡。住持力空法师是30年代初从定襄县长任上出家的，兼具爱国情怀和文化情怀。他纂修的《霍山志》至今为僧俗称道。当他察觉日寇觊觎大藏经的祸心后，径向赵城抗日县政府报告。县政府得知是国宝，不敢懈怠，即往上报。1942年4月25日，赵城抗日县政府根据太岳区党委的命令，精心组织，不费一枪一弹，一夜之间就把四千三百多卷国宝大藏经安全转移了。解放后这部大藏经一直珍藏在北京图书馆善本特藏部。但是对于抢救大藏经的经过，后来的公开报道和文艺作品却众说不一。连抢救的时间也被人硬说成是1938年，有的更随意渲染，说是日寇捆绑惨杀了十几个僧人，我军牺牲了八名战士（赵朴初《佛教答问》亦袭用此说），“血染的经卷”，云云。

幸亏当事人还在！

张广祥辗转与当年主持抢运工作的赵城县委书记吴辰、县长杨泽生、公安局长刘骞取得联系，请他们写出事情的经过，题为《一场闪电式的胜利总体战》。拿到这篇当事人的回忆后，张广祥分寄给散居六省的十多位知情者订正，再把意见反馈给吴、杨、刘三位。往复数次，始成定稿。一段重要史实中重要的历史细节，就这样言之凿凿地留给了后人。没过几年，三位当事人都相继去世了。

历史的真实性和丰富性存在于细节之中。没有真实细节的历史是空疏的，苍白的。然而历史决不是任人打扮的小姑娘。广祥老人的史德足为今日之某些治史者借镜。

我从广祥老人的书中看到这篇回忆录，随即复印下来，请山西省史志研究院钟启元女士，登在她主编的《党史文汇》月刊上。老人收到杂志后很高兴，引我为同道。

《关于日寇 1938 年 3 月 23 日（农历）制造李村惨案的调查》，记载了日寇侵占赵城后的第一笔血债。这是广祥老人书中最撞我心扉的一页。

这一天，日寇在李村杀害了二十多人，还有四人受伤致残。书中写道："日寇刚进村碰见王丙寅老汉，便对他拳打脚踢刺刀穿，随后放火烧了村中大庙，又把王老汉扔进火里烧死了。李银元的妻子才十八岁，日寇将她的衣服剥光，还强迫她跳舞。王香儿的父亲、丈夫都被杀害，三岁的儿子受惊吓几天后也死了，她也发疯了。"

我家在马牧，离李村五六公里，以前竟从没有听人说起过这件惨案。父老们健忘呢，还是麻木？我一字一句读着上面的"史料"，心嗵嗵直跳，好像要跳出来。

——这样的历史细节怎能忘记！

赵城最早是那位给周穆王驾车有功的造父的封地。春秋末期为晋国正卿赵简子的食邑。城南十公里处有一座"国士桥"，又叫"豫让桥"。相传豫让曾匿身桥下，谋刺联合韩、魏灭掉智伯，终致三家分晋的赵襄子，为待他以国士的故主智伯报仇。"士为知己者死，女为悦己者容"即出自这位著名刺客之口。隋代置赵城县治。宋代抗金名将宗泽曾任赵城知县，对"民性强悍"的赵城绅民极为赏识。他还出于边防建设的需要，根据自己的"眼中形势胸中策"，上奏朝廷，建议将赵城升县为"军"（与府、州同级，隶属于路）。清道光年间，赵城发生了历史上有名的曹顺起义。辛亥年山西民军起义，赵城人张煌担任奋勇队队官，他领着几个赵城人冲在最前面，杀死巡抚陆钟琦，革命宣告成功。

赵城就是这样一个英雄豪杰辈出的地方。

抗战八年，赵城人民同仇敌忾，不畏强暴，英勇杀敌，流血牺牲，在太岳山区谱写了一幅壮丽的历史画卷。这些在张广祥数十万字的史料中俯拾即是。他还在一本史料中用七十四个页码，记载了一千多名烈士的姓名、籍贯、生卒年月。这是珍贵的地方文献，是开展国民教育最好的乡土读本。它可以作证，中国人决不向任何灾难低头。它警示后人，任何时候也不能忘了历史，不能忘了培养一代又一代中国人深刻的忧患意识。

我和广祥老人相识七八年了，从未见过面。通信也少，只是偶尔打个电话。乡音极浓，底气十足。印在书上的照片，头发全白了，根根直立，腰板挺得很直。一眼就能看出，这是个能任事，有决断，善良，诚笃，典型的赵城汉子。

编纂赵城抗日史料着实让他快乐。八十岁的人了，依然充满激情，活得年轻。有时也寂寞，让史料的事弄得不顺心。心情实在郁闷，无法排解了，他就独自到无人处，大喊几声，回来后继续干。

从来没有听他谈过什么私事。每次在电话里都是说赵城的史料，还有相关的人和事。有一回告诉我，他花了四百元请人把几块刻着烈士名字的纪念碑拓下来。我说有碑在，拓它干啥?

“要是将来碑也毁了呢?”

隔着黄河太行，电话那边传来一个苍老、劲脆的乡音。

我一时语塞。

《文汇读书周报》2005年7月15日

第二辑

《燕山夜话》识小

看《燕山夜话》，有政治眼，有文化眼。

曾彦修说：“邓拓的绝大部分随笔、小品文，大体上均是属于在独特的条件下以独特的方式来间接或直接反对极‘左’的文章。离开这点,就完全无法理解邓拓的杂文。”这是政治眼。

杜维明着眼于文本，认为“《燕山夜话》都是用优美的白话文写的。从文体上说，它们使人想起晚明的小品。这些文章历史引喻极为丰富，只有那些在文学欣赏领域有高度修养的人才能充分地正确评价它。”这可以说是文化眼。

曾、杜二位都是大家，所得当然都是大见识。我读邓拓，用的是“经济”眼。这里所谓“经济”，是经济实用的意思。窃以为，《燕山夜话》在60年代初那样“独特的条件下”出现，一纸风行，大受欢迎，是因为它大体适应了读者的两种需要，或曰两种读者的需要。其一，它介绍了大量与民生息息相关的实用知识，如《围田的教训》《地上水和地下水》《多养蚕》《咏蜂和养蜂》；也有饥民的向往，如《粮食能长在树上吗》《茄子能长成大树吗》，光看题目，就令人口舌生津，从现实走进童话。以上是适应读者的低层次需要。其二，《燕山夜话》中有许多精致的文史小品，如谈读书、练字的那些，出入古今，移步见胜，这是邓拓散文中的长项。这些小品，如邓拓所说，“在某些方面适当地满足了具有相当文化水平的工农兵群众的要求。”

七十年前，同样也是住在京城的鲁迅，“忽然想到”这样一个问题：“我们目下的当务之急是：一要生存，二要温饱，三要发展。苟有阻碍这前途者，无论是古是今，是人是鬼，是《三坟》《五典》，百宋千元，天球河图，金人玉佛，祖传丸散，秘制膏丹，全都踏倒也。”言辞激切，势如破竹；今日读来，仿佛先生此言是给后世，具体说就是给《燕山夜话》产生的时代把脉、处方。饥民遍野，赤地千里，而笼罩这一切的，是假话、大话、空话。现实这般严酷，“全都踏倒也”谈何容易！邓拓，以一介书生，两袖清风，殉道者的勇气兼史学家的良心，借京报一角，打开一条通向读者——人民——心灵的言路。他寻求真正的对话，而非据守书斋一隅，自说自道，炫售“学问”。他是要惠及民生民智的，所以每篇“夜话”都以读者当前的实际需要为依归。这不是一条普通的言路，而是一条洋溢着科学与民主，充满了生机与活力的希望之路。从这里出发，邓拓悲壮地走上祭坛，也豪迈地走向永生——邓拓不朽！

《燕山夜话》是一部讲真话的大书。它在上述民生民智两个层面上与读者对话获得的成功，不徒独步当时，抑且傲视古今，后世亦绝无嗣响。

《博览群书》1998 年第 6 期

【附记】

历史地理学家史念海《河山集》中有一篇《黄河流域蚕桑事业盛衰的变迁》，原载于 1962 年 3 月 16 日《人民日报》。时值三年自然灾害，赤地千里，饥寒逼人，此篇从历史的叙述中展现一种理想的前景。史先生的苦心，大概与邓拓《树上可以长棉花吗》之类的“燕山夜话”近之。

读孙犁作品点滴

“骨灰盒”

好久没读到孙犁老人的作品了。可慰者，常常从大哥建民那里听到有关老人身体状况、饮食起居的消息。今天在 2 月 25 日的《人民日报》副刊上，看到老人写于去年 11 月 1 日的《题文集珍藏本》，连读两遍，兴奋不已。

这篇六百余字的短文，记述了 1992 年底百花文艺出版社社长和一位女编辑给老人送《孙犁文集》的情景及老人的感受。这套新出版的文集装在一个纸盒子里，我曾经在解放南路的尔雅书店见到过，的确是“精美绝伦”“富丽堂皇”。孙犁这样写下他独特的感受：

> 我的文学的路，是风雨、饥寒、泥泞、坎坷的路。是漫长的路，是曙光在前、希望的路。

这是一部争战的书，号召的书，呼唤的书。也是一部血泪的书，忧伤的书。

争战中也含有血泪，呼唤中也含有忧伤，这并不奇怪。使人难过的是：后半部的血泪中，已经失去了进取；忧伤中已经听不见呼唤。

渐渐，我的兴奋过去了。忽然有一种满足感也是一种幻灭感。我甚至想到，那位女编辑抱书上楼的肃穆情景：她怀中抱的那不是一部书，而是我的骨灰盒。

我所有的，我的一生，都在这个不大的盒子里。

这是诗啊！这些很有感情、力透纸背的文字，出自一位八十岁老人之手，谁读了能不受到感染。我读孙犁的诗，觉得是散文化的；读他的散文，却常常有诗的感受。先生本色是诗人。想想看，在冬日清晨的阳光里，一位年轻的女编辑，怀中抱着一个“骨灰盒”，正神情严肃地从一座住宅楼下拾级而上；那盒子里装的不是阴冷的骨灰，而是马上就要见到的，一位带着血泪和忧伤，争战、呼唤了一生的文学老人的精魂。——这意象多美！

《书林秋草》等

夜读孙犁《书林秋草》，先生之文，或短章，或巨制，都是真善美的极致。随便取出一本，拣出一篇，甚至随便指到一处，就可以兴味十足地读下去，直至终篇。这是只有大作家才能达到的境界。

孙犁《谈赵树理》，文字不长，颇中肯綮，近被选入山西职高教材。我想，孙犁写此文无意超越什么，心里怎么想，就用最俭省的文字表达出来，告给读者。令人赞服的是他独到的识见，这是长期修炼才能得到的。今晚重读这篇写于二十年前的文章，依然感到清新。尤其把赵树理放在抗战的大背景下，阐述作家与大时代的关系，是不可移易的定论。

重读《铁木前传》。孙犁倾注在人物身上的感情像醇酒似的，首尾对童年的赞美如诗如歌，真美！记得铁凝在《四见孙犁》中说过她年少时几乎能背会《铁木前传》。我早年读铁凝的《哦，香雪》，对那种语言的纯净印象极深，原来是受孙犁的影响。欣赏孙犁就是欣赏美。

读孙犁的《无为集》，在书后写了如下一段话：刚读过他发表在光明日报上的《记邹明》，文中说："我老了，记忆力差，对人对事，也不愿多用感情。以上所记，杂乱无章，与其说是记朋友，不如说是记我本人。是哀邹明，也是哀我自己。”本书中凡记人的篇章，皆可作如是观。《大根》刚发表时已在《羊城晚报》读过，为其精炼所震，剪存之，并在报纸空白处写道：“千把字，十数人，大根一生。添一字则多，去一字不成。枯木逢春发新枝，大根可喜可贺；夕阳虽好近黄昏，孙犁独哀独愁。”十年后，一场大雪过后，我又取出《无为集》，在书前写道：读刘大櫆《论文偶记》二十：“文贵简。凡文笔老则简，意真则简，辞切则简，理当则简，味淡则简，气蕴则简，品贵则简，神远而含藏不尽则简，故简为文章尽境。程子云‘立言贵含蓄意思，勿使无德者眩，知德者厌。’此语最属有味。”耕堂劫后所为文，我时时取读，简而有味，当得刘氏之论。

读《知堂书话》

一

看《文汇读书周报》上钟叔河先生为《周作人散文全编》写的序，一时兴起拿出好几年前买的钟叔河编订、我称之为“钟版”《知堂书话》来看。过去虽也看过一点知堂的文章，但可能是阅历或者别的什么原因，总没感觉到他文章的妙处，所感到的只是琐碎，清冷。这回似读出一点味儿来了。

除了跳过一些偏僻的引文，接连读了四十多篇。对知堂文章的妙处开始有了点体会：行文琐碎，似不着力，但有柔劲之美，就像太极高手，从容舒缓，内功却了得。“柔劲”这个词是我读《儿童的书》时忽然想到的，以为颇能准确地传达我的感觉，具体是因为读了下面两段话：“向来中国教育重在所谓经济，后来又中了所谓实用主义的毒，对儿童讲一句话，□一□眼，都非含有意义不可，到了现在这种势力依然存在，有许多人还把儿童故事当作法句譬喻看待。”“空灵的幻想与快活的嬉笑，比那些老成的文字更与儿童的世界接近了。……总之儿童的文学只是儿童本位的，此外更没有什么标准。中国还未曾发现了儿童，——其实连个人与女子也还未发见，所以真的为儿童的文学也自然没有，虽市场上摊着不少的卖给儿童的书本。”这里没有铜板铁琶金刚怒目，但所说的意思至今读来感觉还是掷地有声的。读其他篇大都能读出这种“柔劲”的感觉来。还有一点感觉到的是，知堂的文章平实中有生气，绝无“衰弱庸熟”的文句。

二

知堂衡文重趣味。对日文书籍的介绍，大都没有中文译本，凡引文都出自他的亲手所为，这种本事在别人那里是少见的。他又通希腊文、英文等。1923 年他介绍与谢野晶子的《爱的创作》：“普通的青年都希望一劳永逸的不变的爱，著者却以为爱原是移动的，爱人各须不断的创作，时时刻刻共相推移，这才是养爱的正道。”这种观念有益于世道人心，是救治今日婚姻家庭的一剂灵药，这书不知现在有无译本。

翻陈子善编的《闲话周作人》，谈人的居多，没有一篇是专门谈知堂文章之妙的，只张中行的《再谈苦雨斋》有一点点，说得颇为精到，我把它录在“钟版”《知堂书话》上了。张中行说：“像是家常谈闲话，想到什么就说，怎么方便就怎么说。布局行云流水，起，中间的转移，止，都没有规程，好像只是兴之所至。话很平常，好像既无声(腔调)，又无色(清词丽句)，可是意思却既不一般，又不晦涩。话语中间于坚持中有谦逊，于严肃中有幽默，处处显示了自己的所思和所信，却又像是出于无意，所以没有费力。”

张中行先生到底是文章大家，又是语文教育家，这段话几乎把知堂文章的妙处括尽了，尤其是“既无声又无色”这六个字极精当，若是再要加两个字，那就是“柔劲”吧。

三

知堂介绍早川孝太郎乡土研究专著《猪鹿狸》的文章，透露了知堂的为人：己所欲也不强施于人。他说：

> 其中我所顶喜欢的还是这《猪鹿狸》，初出时买了一本，后来在北平店头看见还有一本又把他买了来，原想送给友人，可是至今没有送，这也不是为的吝啬，只是因为怕人家没有这种嗜好，正如吃鸦片烟的人有了好大土却不便送与没有瘾的朋友，——我以鸦

片作比，觉得实在这是一种嗜好，自己戒除不掉也就罢了，再去劝人似乎也可以不必。

这也是知堂的幽默。

四

《兰学事始》比较中日医学界对待西学（自然科学）的态度，结论是：“从这里看来中国在学问上求智识的活动上早已经战败了，直在乾嘉时代，不必等到光绪甲午才知道。然而在现今说这话，恐怕还不大有人相信，亦未可知。”语气和婉，内含刚健，是“柔劲”的又一例证。

我近来读《知堂书话》，读得很慢。《知堂书话》极少提到同时代人，有之，则如章太炎、梁启超、郭沫若、郁达夫才够得上。知堂的文章不摆架子，有什么说什么，有多少说多少。里面藏着褒贬，但绝无吹捧、讥笑、呵斥、詈骂，绝无伪善或者伪恶，绝不故作高深，表现谦虚状。

2009 年 3 月

《山西文学大系》第五卷的缺失

《山西文学大系》第五卷，选录的是“清代与民国初期”山西文学的代表作家及其作品。我从这卷书中了解到前此未尝与闻的八九位作者；另有几位作者，以前仅知其名，这回也读到了他们的诗文。编者的首创之功和搜集之劳，是应该尊重和感谢的。但是在我看来，这卷书无论选文还是选人，都有一些可议之处，谓之“两失”亦无不可。

现略陈愀见。

先说选文之失

试举两例：孙嘉淦和吴雯。

孙嘉淦（1683—1753），字锡公，号静轩，兴县人。本卷仅收他五十四岁写的《三习一弊疏》，是不够的。乾隆元年（1736）孙嘉淦的这篇奏折，在其官宦生涯中是一次重要的转折，为他赢得一世美名。吾晋大儒郭象升曾说：“清代经世之文，孙嘉淦《三习一弊疏》第一”。选这一篇当然无可挑剔。但这篇奏折以劝世之言取胜，不足以代表孙的文采。最能体现孙嘉淦文学之美的，当推他四十岁写的那篇一万六千字的《南游记》。

康熙五十八年（1719）夏天，孙嘉淦母亲病重，他从翰林院告假归省。到秋天母亲就去世了。时隔不久，“荆妻溘逝，稚子夭残”。连遭打击，孙嘉淦悲痛孤绝的心境可想而知。1720年秋天，他骑着一头小毛驴，从老家吕梁山深处的兴县出发，像《诗经》说的“驾言出游，以写我忧”去了。

他在山西、河北一带浮沉累月，直到暮冬。飞雪千里，阴风怒号，“不自知其悲从中来也。因而决计南行，返都中治装。”

次年，即1721年农历二月二十四日，他和一位名叫李景莲的朋友结伴出京，踏上南游的征程。

孙嘉淦这次南游，“四海滨其三，九州历其七，五岳睹其四，四渎见其全”，游历了大半个中国。《南游记》首尾相衔，一气呵成，纳万千气象、上下古今于一篇之中。嘉庆年间，此文即被誉为“千古之奇文至文”，论者谓有“迁固之谨严，徐庾之新艳”。

以下略抄几段，以见其文字之妙：

姑苏控三江、跨五湖而通海。阊门内外，居货山积，行人水流，列肆招牌，灿若云锦，语其繁华，都门不逮。然俗浮靡，人夸诈，百工士庶，殚智竭力，以为奇技淫巧，所谓作无益以害有益者欤。

由兰溪至浙东，嘉杭之间，其俗善蚕，地皆种桑。家有塘以养鱼，村有港以通舟，麦禾蔚然茂于桑下。静女提笼，儿童晒网，风致清幽，与三吴之繁华又别矣。

吾以二月出都，河北之地，草芽未生。至吴而花开，至越而花落，入楚而栽秧，至粤而食稻。粤西返棹，秋老天高。至河南而木叶尽脱，归山右而雨雪载途。转盼之间，四序环周，由此言之，古今亦甚暂也。心不自得，而求适于外，故风景胜而生乐；性不自定而寄于形，故时物过而生悲，乐宁有几而悲无穷期焉。……生风云于胸臆，呈海岳于窗几，不必耳接之而后闻，目触之而后见也。然则自兹以往，吾可以不游矣。然而吾乃无时不游也矣！

其写登泰山一段，简约雅洁不让姚鼐，而情趣过之。文字较长，兹不征引。

这样一篇“奇制”不该入选吗？

吴雯（1644—1704），字天章，蒲州（今永济市）人。本卷收他三首诗，皆从方志中得来。

本卷编者似乎对方志比较青睐。书中有名有姓的作者五十八位，所选诗文得自方志者就有二十六位。吴雯之外，还有于成龙、范鄗鼎、陈廷敬、孙嘉淦、杨笃、杨深秀、常赞春、王用宾、景梅九、景耀月等。

一般来说，只有阅读著者的大部或全部作品，才能摸清其创作理路，感受其风格的形成及变化，最终选出其代表作。倘不看著者的诗文集，径从方志中抄出，倒是省去许多麻烦，但恐怕为一地之偏的方志所蔽，终致采择失当。若著者的诗文集确已无处可寻，自应采方志所录，聊备于无了。

吴雯的《莲洋集》收在四库全书，山西省图书馆、山西大学图书馆均有藏本。朱彝尊在《莲洋集》卷后题诗曰：“藉甚吴郎大雅才，赋诗不上柏梁台。”近人常燕生《山西少年歌》更称“莲洋何必逊渔洋”，渔洋即王士禛。王渔洋本人也很佩服吴雯，曾说：“余与海内论诗五十余年，高才固不乏，然得髓者终属天章也”（《分甘余话》卷三）。又说：“吴天章（雯）天才超轶，人不易及”（《古夫于亭杂录》卷五）。

这样一位诗人，若是从他毕生心血凝结而成的《莲洋集》入手来选，该不会仅是现在我们看到的这几首吧？

不妨做个假设。得自永济县志的那首《永乐早发》可以不选，换成七绝《题园壁芦雁》：“斜阳芦荻隐寒烟，接翅汀洲自在眠。只待晓风轻振翮，长鸣依旧傍青天。”清新自然，健朗劲拔，诵之可喜。前引朱彝尊题诗，后两句是“翻飞恰似横汾雁，几度秋风上苑来”。“横汾雁”这个意象，大概就直接得自于《题园壁芦雁》。当然这极可能只是笔者一私的偏爱，未必选得。最稳妥的办法，还是应从《莲洋集》两千首诗中去选。

倘能这样，即使只选三首，情形也会比现在要好一些。何况在有清一代山西诗人中，选吴雯总不该比祁隽藻（八首）、陈廷敬（七首）、裴晋武（五首）还少吧？

有些著者的诗文集虽然难找，但还是有一些不错的选本可供采择，并非只剩下方志一途。像民国时期的王用宾，《山西文史资料》就刊发过他的诗词选集；景耀月的诗文，胡朴安《南社丛选》也多有收录。

关于景耀月，本卷从《芮城县志》选出《授大总统莅任并致玺辞》。此文确是民国史上重要的历史文献，收入方志足以彰显景氏本人乃至一方人的荣耀；但文学意味鲜寡，编在一省的文学大系中就未必允当了。虽然只是五百字的一篇短文。

再说选人之失

冯婉琳(书中误为“冯婉林”)是本卷所选唯一的女诗人。其实康熙、雍正年间还有一位著名的女诗人，也应入选。她叫田庄仪，号西河女史，汾阳人，著有《庄镜集》。

田、冯二氏一在清初，一在清季，堪称“闺门双璧”。没选田庄仪，要算是一件憾事。

本卷所选的民国七位作者中，杨韨田似不应入选，郭象升则最不该失选。

杨韨田民国初年(1912)在家乡闻喜当过一任县知事，他的父亲是“戊戌六君子”之一杨深秀。本卷介绍，杨韨田的文治，便是卸任后“继先君之志”，修了一部《闻喜县志》，并援例写了一篇序。仅此而已。本卷概论称“其诗文也有过人之处”，但是我们见到的，只有这一篇虽清通、却平庸的《闻喜县志序》。

民国初年兴起一股修志热，郭象升曾作《山西各县志书凡例》，提供了修撰新志的范式。若以杨韨田序文为衡，则彼时修志各县，皆可提供一篇现任或前任县知事的即或平庸、但尚称清通的序文。或者因为他是杨深秀的儿子，才要选上？这规矩当然不应有，若说有，则傅山的儿子傅眉必得入选。傅眉“凡所为诗，古近体数十百首，皆不事吟风弄月之致，流漾篇中，如道如禅如逸人。”他死后，傅山作《哭子诗》十四首，谓“吾诗唯尔解，尔句得吾怜。俯仰双词客，乾坤两蘖禅。”在诗文上，杨韨田显然难与傅眉相匹。若是杨氏父子泉下有知，亦当同意拙见，不以为忤吧。

郭象升（1881—1942），字可阶，号允叔，晚号云舒、云叟，晋城人。曾任山西大学文科学长、山西省立教育学院院长等职。学问淹贯古今，是近现代著名的国学家、古典文学理论批评家。在民国初年山西学界和文坛是一位领军人物。

关于郭象升的学问和文章，笔者另有专文。这里只简要介绍他的三部著作。

一是《郭允叔文钞》。这是他最早的一部诗文集，收文八十一篇，诗五十四篇。集中名篇佳什俯拾即是：《黄克强先生墓石刻文》《蔡松波先生墓石刻文》《故燕晋联军大将军吴公之碑》《振素庵诗集序》《山西全省天足会公启》《太原市上购书歌》《刘申叔先生游晋长句赋赠》等。《振素庵诗集序》是为南社诗人蒋万里诗集写的序，数十年后仍引起学者的重视。1959 年，舒芜、陈迩冬、周绍良、王利器诸先生，从《民权素》第十四集中将这一篇选出，编入《近代文论选》。

二是《文学研究法》。这是一部专著，分文体篇、文心篇、文派篇、文选篇。此著是郭象升纵横才气的一次井喷，为郭象升赢得极高的文誉。“山右第一才子”“中国古文殿军”，种种赞誉潮水般涌来。台湾嘉义大学中文系近年仍将郭氏《文学研究法》，列为参考书目。

三是《古文家别集类案》。也是一部专著，收唐、宋、元、明、清五朝古文家一百一十人，始自韩愈，迄于贺铸。分甲、乙、丙、丁四案，每案后附各类文章目录，计三千余篇。书中品评每位古文家的文章风格、得失、源流，博洽精要，“一字不肯苟下”，其风神易于使人联想到钱锺书的《宋诗选注》。如今，这部《古文家别集类案》作为文物，陈列在山西大学文科楼贵宾室里。

郭象升还著有《经史百家拈解》《渊照楼札记》《丹林生寤言》《云舒随笔》等。近代东南大藏书家刘承干因慕郭的大名，曾将其刊刻的《嘉业堂丛书》《求恕斋丛书》，从沪上邮赠给他。国学大师刘师培与郭象升接触后，称郭象升的学术和文章为“山西一人”。

——不选郭象升，民国初期的山西文学从何说起呢？

20世纪30年代，时任山西文献委员会常务委员的郭象升，领衔编选了一套《山右丛书初编》。大系第五卷中有九位作者的诗文，即全部得自这套丛书。郭象升编这套丛书，重点是历代未被注意、但确有价值的山西学者文人的遗著。根据稿本或抄本编入的就有：明代张道濬《从戎始末》，张慎言《洎水斋文抄》《洎水斋诗抄》；清代毕振姬《西北之文》，祁韵士《万里行程记》《西陲要略》，王轩《顾斋遗集》，耿文光《万卷精华楼藏书记》。这套丛书的学术价值及其长远影响，学者早有论定，毋需赘言。

笔者只想说，《山右丛书初编》的著者和读者是幸运的，它的编者郭象升却没有这样好的运气。历史不能对照。

行文至此，忽发奇想：兴许这时候，允叔先生正把常赞春、马骏、景梅九，还有和他一起“失选”的几位文朋诗友：赵城张瑞玑（有《张瑞玑诗文集》）、沁水贾景德（有《韬园诗集》）、乡宁吴庚（有《空山人遗稿》）等，招集起来，把酒持螯，拈韵赋诗吧。

2007 年 5 月作，载《名作欣赏》2013 年第 2 期

山西省作协《创作研究》2013 年第 1 期

一束现代精神的炬光

——余秋雨《文化苦旅》谈片

一

前年初春，在《新民晚报》上看到了余秋雨教授在上海签名售书的盛况：长长的队伍一路延伸，主办者为了照顾后面的读者，规定每人限购一本，苦苦恳求不成，许多读者不惜再去排队。人们渴望得到的这本沪版新书就是《文化苦旅》。

这是一本散文集。所收三十七篇文章都是作者近年来在国内外讲学和考察途中，“觉得非写一点文章不可”的时候写下的。作者是著名的艺术理论家、中国文化史学者，他对于中国历史文化的思考水平，由山川风物引发的勃郁诗情，以及酣畅淋漓、仪态万方、给人以壮美的艺术情调，在当今中国文化圈子里，投下一束炬光。这是一束闪射着现代精神的炬光。

二

我是谁？我从哪里来？要到哪里去？

现代人似乎走入了一个迷阵，疑疑惑惑地像是自问，又像是问别人。现代的诗人们更是把它当作一个主题纠缠着，虽然总也纠缠不清。

莫非我们的祖先也会这样思考？比如说白莲洞人？不。在《白莲洞》中，余秋雨告诉我们："如果他们也有思想家，摸着海底生物的化石低头沉思，那么，他沉思的主体只是我们，而不是我。"

是的，白莲洞人只能把"我们"作为沉思的主体。他们别无选择。山崩海啸，天塌地陷，靠什么来消除内心的恐怖？我们。狮虎成群，豺狼当道，靠什么来抵御猛兽的袭击？我们。只能是我们，而不是我，这是自然的选择。因此：

> 白莲洞已经蕴藏着一个大写的人字。数万年来，常有层层乌云要把这个字荫掩，因此，这个字也总是显得那么辉煌、挺展，勾发人们焦渴的期待。当非人的暴虐压顶而降，挑战者号航天飞机突然爆炸，不明飞行物频频出现，这个字还会燃起人们永久的热念。

但是，这个字倘若总被大写，宽大的羽翼也会投下阴影。（《白莲洞》）

我理解这里所说的阴影是个性的淡化、泯灭和被抹杀。在大一统的格局里，个人是没有意义的。只有君君臣臣父父子子，人与人之间只是种种伦理观念的组合和汇聚。于是，贾府的老太君见了省亲的孙女的轿子就得下跪，老年闰土遇到童年的伙伴也禁不住嗫嚅着称老爷。于是，一个人口亿万的民族，在奇峰竞秀的三峡，只能演绎出一个个的贞节故事，并且长久地享用着这些残缺的神话，直到现在。在今天，一个充满进取精神、想有所作为的青年，多么希望自己早点成熟起来。然而环境对他说，好吧，请敲掉全部牙齿。这就是大写的人字那个宽大的羽翼投下的阴影。现代中国人背着因袭的重担，走起路来蹒蹒跚跚，要潇洒真是不易。然而，既然现代的一个根本标志就是正视人，为什么还抱着“阴影”不放，任其扩展？为什么不能“让每个个体都蒸发出自己的世界？”

时代到了这一天，这群活活泼泼的生灵要把它析解成许多闪光的亮点。有多少生灵就有多少亮点，这个字才能幻化成熙熙攘攘的世界。（《白莲洞》）

余秋雨执教于上海戏剧学院，据说他给每届新生上的头一堂课就是：活得潇洒些。比之于街市上常可闻见的“潇洒”，二者音形无别，义却迥异。后者是一种模仿出来的矫情，徒有其表；前者则是内心的彻底解放，是个性的完全苏醒。

看来，活得潇洒些，让每个个体都蒸发出自己的世界，是余秋雨的一个基本思想。从这里出发，他的笔轻轻一画，触及到了中国文人和中国文化。

三

在《柳侯祠》里，作者认为对于被贬放到永州一待十年的柳宗元来说，灾难给了他一份宁静，使他有足够的时间与自然相晤，与自我对话，进入了最佳写作状态，创作出《永州八记》等篇什，使华夏文学又一次凝聚出了高峰性的构建。本来他可以心满意足了，不用再顾虑什么仕途枯荣。然而，当一纸诏书命他返回长安时，他还是按捺不住内心的欢喜，急急赶去，还在汨罗江边吟了几句诗：“南来不做楚臣悲，重入修门自有期。为报春风汨罗道，莫将波浪枉明时。”余秋雨对此大为感慨：

他是中国人，他是中国文人，他是封建时代的中国文人。他已实现了自己的价值，却又迷惘着自己的价值。永州归还给他一颗比较完整的灵魂，但灵魂的薄壳外还隐伏着无数诱惑。

这诱惑，我们不妨看作是“宽大的羽翼投下的阴影”。大哉如柳宗元尚且经受不住诱惑，何况其他无名的中国人、中国文人呢？

《白发苏州》写到了唐伯虎。京城的文化官员一听说这个名字就皱眉，原因是他放浪不驯，名声很坏，不干什么正事，瞧不起大小官员，写写诗，作作画，竟敢自称是江南第一才子。对于京官的皱眉，余秋雨很不以为然，他似乎也是皱着眉写了下面一段话：

唐伯虎是奸是坏我们且不去论他。无论如何他为中国增添了几页非官方文化。人品、艺品的平衡木实在让人走得太累，他有权利躲在桃花丛中做一个真正的艺术家。中国这么大，历史这么长，有几个才子型、浪子型的艺术家怕什么？深紫的色彩层层涂抹，够沉重了，涂几笔浅红淡绿，加几分俏皮洒泼，才有活气，才有活活泼泼的中国文化。

在这里，作者更把自己的思想放开了。若不是对中国文化充满真诚，哪会有这样的情怀！

再看看《洞庭一角》。岳阳楼旁边有个不显眼的亭子三醉亭，传说吕洞宾曾三过洞庭湖，弄弄鹤，喝喝酒，可惜人们都不认识他，他就在岳阳楼上题了一首诗，后面两句是："三醉岳阳人不识，朗吟飞过洞庭湖。"后来，范仲淹被贬后写了篇著名的《岳阳楼记》，把吕洞宾的行迹掩盖了，后人不平，就建了一座三醉亭，祭祀这位吕仙人。作者写道：

> 若把范文、吕诗放在一起读，真是有点"秀才遇到兵"的味道，端庄与顽泼，执著与旷达，悲壮与滑稽，格格不入。但是，对着这么大个洞庭湖，难道就许范仲淹的朗声悲抒，就不许吕洞宾的仙风道骨？中国文化，本不是一种音符。

正是基于此，作者才那样强烈地反对霸道，反对对中国文化作几句简单的概括，生怕把它丰富的生命节律抹杀。

此外，作者还写了朱耷，写了徐渭，把他们的笔墨丹青看作是人格内核的直接外化，是艺术家个体生命的强悍呈现。他向现代艺术家们大声疾呼："请从精致入微的笔墨趣味中再往前迈一步吧，人民和历史最终接受的，是坦诚而透彻的生命。"

岂只是艺术家，我们每个现代人，都应该拿出自己坦诚而透彻的生命，把它交给时代，交给人民。

这就是《文化苦旅》给我们的一个重要启示。

四

余秋雨曾说：做学问就犹如生命一样，是一次性的，不可以重复。

看得出，作者是用做学问的劲头写这些文章的。我们不妨把书中散见各篇的理性文字，特别是如前所述的那些一以贯之的关于人、关于中国文人和中国文化的评述，看作是他的学术思想的阐发。事实上，有些篇什如《上海人》《笔墨祭》何尝不可以当作学术论文来看。眼下，像这样具有学术价值和文学价值的文章毕竟是太少了。

《三晋文明》1994 年 6 月

潺湲不改旧时流

——读韩石山新著《张颔传》

真是好事连三，继李健吾、徐志摩两传之后，韩石山先生新近又拿出了一部《张颔传》。

说是“连三”，前后却相隔了整整十五年之久。“好事”则明摆着，当年一部《李健吾传》，一吐作者抑郁不平之气，“纵横谁似李健吾”，声震士林。一部《徐志摩传》，剪之以传统史家的纪传体，其史书特质彰彰耀人眼目，使诸家的志摩传黯然失色。几年前李、徐两传都再版重印，但如今市面上已经很难买到了。

有李、徐两传的成功之举，再加上其后十五年来的治学、覃思和人生阅历，已然从公职退休的韩石山先生，再要写一部人物传记，且传主是名列当代“大家”之林、其人健在、记忆力又极为强健的张颔老，当会如何？

趣味之作。这是一部趣味盎然的传记作品。传主这个人太有趣了！尽管父母去世得早，苦孩子、苦奋斗，命运如“黄瓜苦到圪蒂上了”，尽管从高小毕业照片上流露的那种忧郁眼神一直伴随着他，但是你看，传主心性中那种谐趣的因子总也遮掩不住。不是吗？他才开蒙，就发现关公在神座上坐着，而周仓、关平在地上站着，“跟我们是同学”。到了望九，与来访的客人说着说着，起来要去卫生间，会边起身边说：“我现在是善于小便啊！”一只波斯猫的猫窝，也会用周正的馆阁体写上“养心殿”三个字，且以太上皇自居。就连愤世嫉俗的打油诗，也不作金刚怒目状，而是出以谐趣，如“惯食唐明饭，常为迎泽宾”之类。当然最有意思的，还要数降大任先生誉之为放到《世说新语》里一点也不逊色的《扑蝇记》了，末后一句“余曰：皆非也，顾今营营辈特狡狯耳。”针砭时弊直至骨髓，而又让人忍俊不禁。自拟联“深知自己没油水，不给他人添麻烦”，亦庄亦谐，寓庄于谐。《介休城里的人文景象》《谐趣诗文》这些章节，更是摇曳多姿，妙趣横生。张颔老经历了诸多磨难，却又是何等风趣的一位老人，在他看来，“有趣就有劲儿。”

韩石山先生不光写出了传主的心性，更写出了他成长期的文化环境，如介休的十七字诗等，使我们看到传主谐趣的品格其来有自。韩先生对此情有所钟，认为：“在记忆力、联想力与学术见识之间，还应当有个什么东西，起连结的作用，化合的作用。这个东西就是风趣。既是一种力，也是一种品质。”

“风趣就是一种创造的能力。”

史传之作。这是一部有一说一，史家记述的，绝少“以己意出之”的传记作品。张传延续了作者自李传、徐传以来的一贯做法，即“我是把它当作一部史书写的”。传主是创造历史的人物，在自己的领域里建下了不世之功。唯其如此，所传之事、所记之言，必须耐得住咂摸，禁得住考订和审视才行。这方面，著者充分展示了其经受历史学科训练，严肃、严谨、客观、冷静的一面。

向来史传之作，人们服膺的是裴骃所谓“善序事理，辩而不华，质而不俚，其文直，其事核，不虚美，不隐恶，故谓之实录”(《史记集解·序》)。这可以说是史传作品的最高境界。我们试用来衡量这部《张颔传》，发现书中所叙之理，无不出于其事。传主有极强的背诵功夫，他说:“你不知道我下的是什么功夫。全是笨功夫，死功夫，背，死背。后来我也悟出来了，学问上的‘笨功夫’，就是‘背的功夫’。”怎么背呢？传主托朋友在介休找了两块水牌，凡是要记住的，就用毛笔写在上面，天天看，天天默念，三个月两个月后，记得滚瓜烂熟了再擦去。正是靠了这样的硬功夫，在一次高端的古文字学术讨论会上，他以精确的记忆举出古文例证，支持了著名考古学家、古文字学家张正烺先生的观点。以至于张正烺先生多次慨叹，

“做学问就要像山西考古所的张颔同志那样有扎实功底”。另有像传主说的，“不管做什么学问，先立个簿子再说。”这是他年轻时从字号（店铺）里当学徒办事上悟出的。

辩而不华，质而不俚。书中关于传主 1947 年到省议会的具体月份的考订，对传主得意之作《僚戈之歌》中“古冢搰出双铜戈”年份的正误，尤其是著者以出色的叩问功夫，辨正侯马出土晋国朱书文字后，传主如何从原平“四清”工作队复出、如何以“山西嘛，且让老夫出一头地”自许去做盟书文字考释工作，还有对别人在这件事上的不同说法，数十年后传主仍表示“让两说并存”，而著者以为其中“最为可贵的是，这些差异，都没有违拗了知识分子的良知，反倒见出了人性的丰富。”凡此种种，只有冷静客观的辨正，心性和言辞没有一点儿诡伪、俗鄙，看得出来，著者和传主两下里都是磊落坦荡的。

文直，事核，不虚美，不隐恶。李、徐两传庶几近之，这部《张颔传》也庶几近之。“我仍似懂非懂”，“说实话，大半是读不懂的”，“这个我是真不懂”，这样的话在著者其他作品里很少见到，《张颔传》则频频出现。十五年前著者刚刚涉足传记写作领域，就给自己立下规矩：“只能就事论事”，“一切存其本真”，“没有一句出自臆造”。《张颔传》显然也是按着这个规矩来写的，“潺湲不改旧时流”。

超越之作。形式上，这是一部著者挑战自我、超越自我的传记作品。访谈体，常常见于报章杂志，大多篇幅不长或稍长。用之于数十万言的人物传记，《张颔传》迄今为独见的一部。在人物传记的写法上，著者似乎总是跟自己较劲，打一枪就要换一个地方。《李健吾传》采用的是现代传记作品常见的编年体，以时间为经、以事件为纬的结构方法，写起来很顺手。到了《徐志摩传》，便想“能不能换个法儿？”这样的念头，韩先生竟转了一年多，最后才决定用纪传体。纪传体虽是古已有之，但用来结构一个人的历史，则为创体，需要的是见识和胆气。经韩先生这一用，传主的家庭、本传、交游三方面璧合珠联，独特新颖，圈内人士至今仍称道不已。如今，《张颔传》又面目一新地来到读者面前，按韩先生的夫子自道，他这部新书在写作上可称道的是“从容”。我看“从容”是果，“访谈”是因。访谈体即是对话体。这使我想起了《张居正大传》的著者朱东润先生说过的一句话：“对话是传记文学的精神。”他的大传里就有许多对话，像除掉严嵩的儿子严世蕃之前，徐阶跟三法司在内室中的对话，很生动，使古人如在眼前。我理解，传记中如不用对话恐怕要失却许多精神；但是要全部用访谈体或曰对话体来结构一部人物传记，则要冒很大的风险。稍不留意，就会失之呆板，冗长，乏味。更何况，传主是像张颔老这样一位与古结伴、与古为邻的学者？

或许正是因为有风险，韩石山先生才要来一试身手吧。你看，书里那种随意而谈，引申发挥，穷根究底，那种谐趣、机锋、妙悟、闲笔，那种对考古、古文字、古文献的了解程度，还有请传主作书画品鉴时的那种现场感受，等等，读来常有峰回路转、移步换景之趣味。《待罪侯马绎盟书》一节学术味最浓，韩先生却出奇兵，预先就请来了“文章像口语一样酣畅，口语又像文章一样严谨”的降大任先生救场，高手和高手过招，演了一台好戏。

访谈中，韩先生时有高论。如说，“先有悟道之人，才有可悟之道”；又说，“我倒是觉得，我们做别的有困难，做不起来，真要有人想再来一次‘文化大革命’，不是什么难事”。就很警策！

当年唐德刚译注的《胡适口述自传》甫出，其诱人的“唐注”，使论者纷纷赞之曰“先看德刚，后看胡适”。如今我们手头这部访谈体或曰对话体的《张颔传》，提供了一个“看张（颔）又看韩（石山）”的文本。这样的文本，眼下恐怕只能让韩石山先生“出一头地了”。

《名作欣赏》2010 年第 8 期

王梦奎的随笔

当今职务高、诗文又写得好的，就我所知，有李锐、李肇星，还有王梦奎。

文汇出版社 2005 年 8 月出版的《王梦奎随笔》，收文八十余篇，时间跨度二十五年。文章品类繁杂，有序、跋、书评，有随感、短札，还有人物、史辨、对话等。但没有私愤积怨，没有个人得失，甚至没有茶余饭后的调侃。

掬诚，恢宏，朴实，庄重。是学者之文，史家之文，非文人之文。作者长于叙事和说理。叙事则“事核”，说理则充分。看厌了那些“攫搏亦自雄”（傅山诗）的时文，再读王文，感受到一种智者风范，雍容气度，如饮香茗，如坐春风。

作者有很深的文化情怀。《文化体制改革断想》，是一位身在中枢的经济学家，对当前文化体制改革所作的理性思考，不乏精辟之见。如说：“文化有其特殊的规律，不能把经济领域的东西简单地搬到文化领域，把政府应尽的职责都推向市场。”

对于热衷于搞“文化产业化”者，即是一副苦口良药。

看了电视连续剧《水浒》，便引宋人笔记，指出炊饼乃是蒸饼，因为避宋仁宗赵贞(“贞”与“蒸”音近)之讳才叫成炊饼。既称饼，自然不应是武大郎担子里装的块状馒头了。参观殷墟后，便致信地方领导，对殷墟博物馆甲骨文碑释文排列顺序提出意见，以助殷墟申报“世遗”。《观音的性别》则引明人笔记、敦煌壁画、普陀山僧尼的壁报和《红楼梦》灯谜，说明观音由男性转为女性和她(他)的“虽善无证”，理趣盎然。其博如此。

文中常引自作诗词，诗与文互相映衬，富有别趣。其诗句佳者如:“报国但凭三寸笔，怀师总系九回肠”；“盛世明珠归故土，国歌一曲入云霄”；“老去无端温旧梦，闲来有绪望家乡”；“公今此去无遗恨，喜看小康已启门”。其记胡绳两文，知人论世，堪称至文。乃知胡绳严谨板正之外，旧体诗偶然流露机趣。

2001年，因教科书问题和李登辉访日引起的麻烦，中方推迟中日经济知识交流年会。为此，日本前驻华大使佐藤嘉恭赴京拜会王梦奎。友好会见结束，主人送给客人三首俳句，末首云：“遥知樱花开，好约难成莫疑猜。佳期自重来。”客人奉若珍宝。没有高度的文化修养绝难臻此佳境。

诗词之外，作者还喜作联语，体现了丰富的文化趣味。

文化情深者，精神世界也是丰富的、多元的。龚自珍诗曰“经济文章磨白昼，幽光狂慧复中宵。”书中有一篇《随想录》，是“经济文章”之外的思想碎片。读之起敬，扪之有棱。如以舞蹈家 A 和舞蹈家 B 设喻，推演出两种类型却同样倒在台上的悲剧，清新、活泼、精警。可惜这类文字太少了。期之来日，可乎？

《山西日报》2006 年 8 月 1 日

大同事，天下情

——兼贺王祥夫小说蝉联夺魁

元月 8 日在大同晚报看到一则好消息：王祥夫短篇小说《归来》荣登 2012 年度中国小说排行榜榜首。上年度他已获得这一殊荣，如今是梅开二度。我当即发短信为他喝彩。

晚上到他博客上找《归来》读。感觉像初次让他夺魁的《真是心乱如麻》一样，他似乎迫不及待地要向读者讲一个在胸口憋了很久的故事，急不择言而又极其洗练地讲下去。感觉不到他在用什么技巧，故事就跟生活本身一样自自然然展开。读完已是深夜，我却没有一丝睡意。

故事很普通，也很简单。一位农村的吴婆婆在早春的一场大雪中突然去世了。她有三个儿子，大儿子、二儿子两家人守在身边，外出打工的小儿子也赶回来了。小儿子离家三年，奔丧归来还带着他在外面娶的四川媳妇和已经两三岁的孩子。吴婆婆却没有见过小儿媳和小孙子，更不知道小儿子在外面因工伤失去一只胳膊。小儿子的那只空袖筒是文眼所在。丧礼后清理吴婆婆的箱底时，家人惊异地发现，这位因穷困不得不加入乡下“不吃肉教”的母亲，这位连烧香供佛都嫌浪费钱的母亲，居然给子孙们攒下了一万五千八百块钱。这笔巨款，大儿子、二儿子两家不用商量，都同意给了失去一只胳膊的小儿子。办完丧事，小儿子一家返回打工的城市，去鞋厂看门房。吴婆婆过了七七，二儿子突然发现母亲那个裹钱的头巾包，原封不动地藏在自己屋里。二儿子“呀呀呀呀”的叫声，惊来了大儿子。大儿子这才想起小儿子临走前那天晚上说的话：“可怜我二哥是个哑子，老来老去比我都可怜。”大儿子打着手势让二儿子把钱收好，自己则领着媳妇去打香椿了。城里人喜欢吃香椿，大儿子夫妇要用卖香椿的钱，再买些菜籽回来。

我不知道这篇小说的酵母是什么。既然作家王祥夫一直生活在大同，我想可以说，这故事大同是有的，或者大同会有的。再按照“天下大同”的思维，似乎更可以说，这故事天下是有的，或者——天下会有的。这样就明白了：王祥夫所写的是大同的事，天下的情。或许这便是他能够在全国（有多少写家呀！）蝉联夺魁的重要原因吧。王祥夫夺魁不只是个人的事，我看作是大同的光荣。

这篇小说给我们展示了时代的悲情和令人心酸的一面。身体残缺的小儿子，为了活得有尊严，为了避免给亲人带来伤痛，他硬是自己忍着、熬着，即使娶了媳妇有了孩子也不回去见亲人，一直要熬到母亲去世才不得不归来！他的伤痛是终其一生的，是一家人的，也是一村人和几代人的。城镇化是时代发展的必然趋势，是现代化建设的必由之路。小说警示我们：在城镇化的进程中，要最大可能地关注、关心、关爱留在土地上的农民和走进城市的农民工，别让那个小儿子走进城市所付出的代价在生活中重现；至少，我们应该通过努力把这种身心伤痛的代价降到最低。

这个故事彰显了人性善良的热度。虽然挣扎在贫困线上，吴婆婆却能从牙缝里挤出了一万五千八百元的遗产；同样是在贫困线上挣扎，三个儿子、还有儿媳却诚心相让，把这笔巨额遗产留给了最困难的那一家。这悲情心酸的故事何其令人感动！靠土地为生的人们大多有善良的秉性，而培育这善良秉性的，应是从久远的过去所流来的人类文明的液汁。

有责任感的作家是社会的良心。此作、此人，当得此誉。希望我们的作家永远拥抱土地和人民，写出更多乡土气息、人民性的好作品。

《大同日报》2013 年 1 月 10 日

南窗偶记

【题记】下面十篇短文，是从十几二十年前发表的读书心得中选取的。浅薄容或有之，却绝非无聊。“南窗”者，是毗邻太原迎泽大街的一栋住宅楼顶层向阳的房间，早年我曾栖居于此，在南窗下度过一段难忘的读书时光。

“爱之以其道”

——读《曾国藩教子书》

湖南岳麓书社近年来以其远见卓识钩沉古籍，推出一批又一批好书，备受读书界青睐。有的则逸出读书界狭小的圈子，走进了寻常百姓家。《曾国藩教子书》即是其中之一。

曾国藩是怎样一个人？百年以来毁誉不一，或奉为“古今完人”，或斥为“汉奸刽子手”。这当然是历史家的事，姑且可以不论。唯遗憾的是，今人很少知道曾氏在教育子女方面获得了极大成功。

他的两个儿子，长子曾纪泽诗文书画俱佳，精通英文，是清末著名外交家，我们在《辞海》里可以找到介绍他的词条。次子曾纪鸿虽不幸早逝，但在古算学的研究上也已取得了相当成就。不仅如此，曾氏孙辈还出了一名诗人，曾孙辈又出了两个教育家和学者。以其地位而论，曾家后代算得上是“正牌高干子弟”了，为什么他们不但毫无纨袴恶习，而且个个都很出息？莫非真的是“龙生龙、凤生凤”？

不然。我们从一册薄薄的《曾国藩教子书》里可以找到合适的答案。这些书信是1852年到1871年曾国藩写给两个儿子的，凡一百四十封，内容都是教他们读书、作文、做人的。

同治三年（1864），曾纪鸿赴长沙考试，曾国藩接连给他写了两封信，头一封告诉他：“船上有大帅字旗，余未在船，不可误挂。经过府县各城，可避者略为避开，不可惊动官长，烦人应酬也。”第二封又谆谆告诫：“场前不可与州县来往，不可送条子，进身之始，务知自重。”联想近年考场种种弊端，以及开学之日高级轿车云集校园的热闹景象，我们当作何感想呢？

曾国藩官居要职，但他不希望儿子们做大官，赚大钱，“但愿为读书明理之君子”。他在一封给曾纪泽的信里这样写道："人之气质，由于天生，本难改变，唯读书则可变化气质。古之精相法者，并言读书可以变换骨相。欲求变之之法，总须先立坚卓之志。"联想近年诸多为人父母者，不是逼迫子女辍学经商，就是不惜血本，打通关节，使之早日跻身官场，挤进权力结构，我们又当作何感想呢？

曾国藩不仅教儿子们如何读书做人，而且教他们如何养育后代。"吾观乡里贫家儿女愈看得贱愈易长大，富户儿女愈看得娇愈难成器，尔（按指曾纪泽）夫妇视儿女过于娇贵，旦视而暮抚，爱之而反以害之。"联想近年"小皇帝"越来越多，闹剧也愈演愈烈，我们又当作何感想呢？

自然是感慨系之，又感慨系之矣！感慨过后，更多的人会去寻良药，觅正途。

诚然，我们有雷锋、赖宁，有感人的南极精神，我们可以用这些闪光的人和事去引导和感召我们的后代。但每当茶余饭后，翻几页《曾国藩教子书》，总也会有点益处吧，至少在方法上可以借鉴点什么吧。正如编辑此书的钟叔河先生所说："社会主义时代的父母，只要同样注意教子有方，'爱之以其道'，总应该比曾国藩做得更好一些吧。"

《人民代表报》1992年1月1日

“昆仑”之音

某出版社要重印钱锺书的早期著作《写在人生边上》和《人·兽·鬼》，钱不同意。无奈力主出版者是位老朋友，“讲来振振有词”，终于拗不过，应允合作。结果是写了篇“一当两用”的《重印本序》。序的开头是这样的：

> 考古学提倡发掘坟墓以后，好多古代死人的朽骨和遗物都暴露了；现代文学成为专科研究以后，好多未死的作家的将朽或已朽的作品都被发掘而暴露了。被发掘的喜悦使我们这些人忽视了被暴露的危险，不想到作品的埋没往往保全了作者的虚名。假如作者本人带头参加了发掘工作，那很可能得不偿失，“自掘坟墓”会变为矛盾统一的双关语：掘开自己作品的坟墓恰恰也是掘下了作者自己的坟墓。

钱锺书先生是世所公认的当今的“文化昆仑”。如此说来，上面这段话便可称作是“昆仑”之音了。钱先生又是很多人崇拜的甘于寂寞的典范，假如他走出寂寞的书斋，到什么集会上一露丰采，作专题讲演，光是这段开场白就足以慑服凡胎俗心了。可惜，钱先生奉行着鸡蛋好吃尽管去吃、大可不必认识那只下蛋的鸡的理论，他难得走出书斋。即使《围城》风靡天下，也不见他去书市上签名售书，或是把照片登到报纸的副刊上。因此，他大概不知道，眼下正有多少“文化垃圾”充斥着书刊市场，有多少所谓“书”，初版时就给“编著者”垒起了高高的散发着油墨臭的坟头。如果说，从过去坟墓里挖掘出的作品，有些还可能有史料价值；那么，现在那些几乎随处可见的散发着油墨臭的坟头，将来也会有价值吗？也许有吧。但那价值，除了使将来的人们，从中窥见20世纪末叶中国社会里某一类人的无聊，并由此而惊诧和害羞和耻笑外，还会是什么?!

《人民代表报》1992年2月22日

小品“雅舍”

头一回知道梁实秋这个名字，是十多年前在课堂上。那时指定给我们的现代文学史教材，是不讲胡适、周作人的，自然也不讲梁实秋、林语堂。但有一篇课文却称得上是梁的专论，这就是鲁迅先生那篇《“丧家的”资本家的“乏”走狗》。当时对梁的全部印象，亦如文章题目所示的那样。

十多年后，当我读了一家出版社选辑的七十多篇精美的“雅舍小品”，于深深叹服之际，另一个梁实秋的形象——“雅舍”主人——便生长于心，且挺拔起来。

梁实秋先生的“雅舍”，原来是这样的：四根砖柱，上面盖一个木头架子，顶上铺上瓦，四面编个竹篾墙，墙上敷一层泥灰，“有窗而无玻璃，风来则洞若凉亭，有瓦而空隙不少，雨来则渗如滴漏。”更为稀罕的是，“屋内地板乃依山势而铺，一面高，一面低，坡度甚大”，“每日由书房走到饭厅是上坡，饭后鼓腹而出是下坡。”再看看环境吧。因为只租了六间中的两间，则邻人轰饮作乐，鼾声、喷嚏声、吮汤声……随时都从门窗户壁的隙处荡漾而来，外加群鼠骚扰，蚊虱鼎沸。屋内陈设呢，则既无名公巨卿电影明星之照片，亦无博士文凭张挂于壁间，唯“一几一椅一榻”而已。

就是这样一处简陋、恶劣的所在，梁实秋却乐滋滋地名之曰：“雅舍”。其“雅”何在？我以为雅不在舍，而在主人的那种超群脱俗的性情。比之充塞世间的狐狸式的“葡萄论”来，梁实秋之命名“雅舍”，没有一丝调侃、反讽或自嘲的意味，所有的只是严肃和真诚。这才是真正的清高和淡泊。若追本溯源，“雅舍”主人的这种情怀，当是与那位箪食瓢饮而不改其乐的孔门弟子颜回，与“结庐在人境，而无车马喧”的陶渊明，与“斯是陋室，唯吾德馨”的刘禹锡归为一脉的。几十年风风雨雨，白云苍狗，“雅舍”主人始终守着这个名号，可谓终生不渝。我们只要看看那印着“雅舍”徽记的累累果实，就会明白许多道理。

记得几年前，有人借重评梁实秋来贬损鲁迅，又有人起而反对，给贬损者以迎头痛击。这段公案现在似乎还没有结束。其实，何必这样纠纠结结，小题大作呢？鲁迅与梁实秋，自有属于他们各自的星座；对夜行者来说，我们只有承满天星斗之辉耀以照亮前途，才是本分。

《人民代表报》1992 年 4 月 29 日

子弟书《焚绵山记》

概自元以降，随着戏曲的不断发展，戏台渐成为道德教化的重要场所。一些合于道德教化的、历史人物的事迹和传说，不断被文人加工、演义后搬上戏台，久演不衰。像《打金枝》《铡美案》《杨家将》等都是。我平时不大看戏，也很少听人说戏，不知道过去的戏曲人物中，有没有介子推这位著名的忠廉之士的形象。近读燕赵掌故名家张次溪先生所著《人民首都的天桥》，始知最迟在本世纪初，介子推的故事尚存于北京天桥一种叫“子弟书”的说唱艺术中。

关于介子推跟随晋公子重耳逃亡十九年，返国后不言禄、奉母归隐绵山的事，《史记·晋世家》记之较详。但对于后世流传很广的所谓晋文公举火烧山、定寒食节之类，则只字未提。后者不过是民间的一种传说而已。张次溪先生著作里收录的子弟书《焚绵山记》，说的正是传说中的这一段儿。

《焚绵山记》的说唱词共一百多行，连说带唱大概就是一袋烟的工夫。因为是说唱艺术，要吸引过往行人，所以作者很注意剪裁和渲染。如开头部分只用了八行，就把介子推保重耳逃离晋国的原因，以及归来后不愿与同僚争宠荣、奉母归隐等许多内容都概括进去了：

表一段列国纷争世，
介子推本是晋国卿。
都只为献公昏聩骊姬宠，
他才保公子重耳离国去行。
归来时渡河已有归隐志，
羞与同僚共宠荣。
因此才晋禄不言出朝去，

高堂自奉遁山中。

这里没有提逃亡途中，介子推在五鹿割股肉给重耳充饥的大功，以免与烧山后晋文公痛悔不已、缅怀介子推的功绩重复。待到晋文公得知介子推归隐后急忙带一班文武去访，情急之下烧山，以及见介子推母子的骸骨后“雄心大痛”、敕定寒食节等，则不厌其详，整整用了七十行。尤其是晋文公一班人来到绵山脚下仰颈举目时，更是浓墨重彩，极尽铺排渲染之能事：

但只见树木丛丛无有径，
但只见峰峦垒垒少人行；
但只见片片行云穿去鸟，
但只见萋萋芳草醉啼莺；
但只见流水潺潺空间落，
但只见春花淡淡半山横；
但只见古道茫茫钟隐隐，
但只见村烟霭霭雾蒙蒙。

一连串八个“但只见……”活脱脱将一座高士匿身的绵

山，移到了听者和读者眼前。

天桥是一个旧式的平民文化宫。据张次溪先生统计，这里仅说唱艺术的品类就有三十八种之多。惜乎子弟书已经失传了，它到底是怎样一种表现形式，张先生没有说，我们也不好悬揣，只能通过这一篇《焚绵山记》遥想当时的情景。

《火花》1994 年第 7 期

爱斯基摩人的生死观

日本著名探险家植村直己征服了北极以后，颇为自得地写了一本小册子：《我站在北极点上》。书中写到地球最北端的爱斯基摩人部落里一个跟鲸鱼搏斗的小男孩，给我留下极深刻的印象。

有一天，男人们都出海打猎去了，部落里只剩下妇女和小孩。一大群鲸鱼像是乘虚而入，蜂拥在离人群不到四十米的海岸边。每一头鲸鱼足有六七米长，鼻孔里喷出高高的水柱。部落里顿时骚动起来，枪声大作。才满九岁的小奴卡也抱着一支长枪，向海边冲去，一边跑一边射击。整个海面被鲸鱼的鲜血染红了，中弹后的鲸鱼变得更加狂暴。突然，小奴卡扔下猎枪，扛起一只海豹皮做的小船，冲进血浪飞溅的鲸鱼群中，他站在颠簸的船上，右手举起鱼叉，朝一头鲸鱼腹部狠命掷去。这一叉击中了要害，鲸鱼翻滚几下就漂到海面上了……这惊心动魄的一幕，不要说常人，就连十年间以坚强的毅力将亚非欧美四大洲所有最高峰都踩在脚下的植村先生，也被惊得“目瞪口呆”。爱斯基摩人个体生命的强悍由此可见一斑。

但这只是一个方面。

最近，在一份旧报纸上读到上海赵鑫珊先生论及爱斯基摩老人自杀方式的一篇短文，使我得以了解这个古老原始民族个体生命强悍的另一面。

据赵鑫珊先生介绍，到了老年，爱斯基摩人常会走向自杀的道路。他们大多在年轻时是位勇敢的猎手，当他们年迈，行动不便，再也无法拿起猎枪，获得昔日豪迈的气概和光荣，就会有一种失落感。他们不想牵累别人，又不愿接受命运对老人的嘲弄性安排，于是就毅然决然选择了自我了结生命，以此摆脱尴尬的困境和痛苦。自杀前，他们会把自己的意图告诉亲友，然后便独自一人静悄悄地离开家，走向茫茫的雪地，找个理想场所，自沉冰窟，永远安息在万古不化的冰海之中。

植村直己以探险家的眼光，目睹了爱斯基摩人轰轰烈烈的生；赵鑫珊先生则以智者的眼光，洞见了爱斯基摩人彻悟后自觉自愿的死，他甚至认为，这样的跳进冰海，“就有作为一个哲学家而死的况味和意境”。我对于这个每一个个体生命从生到死都奏出最强音的古老原始民族，如果说十分羡慕未免有点矫情，那么实在是非常敬佩的。并且，我还固执地认为，爱斯基摩人既然是三千年前（那正是我们的甲骨文时代）从亚洲迁徙到地球最北端的格陵兰岛的，他们至今仍是黄皮肤、黑头发，而且驾驭狗拉雪橇的口令（在植村的书中，这些口令全部是音译）与我们北方人赶马车的吆喝声极为相似，那么，很可能他们跟我们这个民族有血脉上的联系。真是这样的话，则我们在进化的途程中，某些方面令人遗憾地发生了不应有的退化。

也许只是瞎猜吧。这样更好。

《三晋文明》1994 年第 10 期

审美的生活态度

人过三十，心灵之翮渐被现实的绳索捆紧，再不像青春年少般飘然于理想的玫瑰色天空了。面对纷至沓来的种种无奈，我们除了咄咄称怪又有何良策？

“逍遥。”六十岁的王蒙说。“对于我个人，它基本上是一种审美的生活态度，把生活、事业、工作、交友、旅行，直到种种沉浮，视为一种丰富、充实、全方位的体验。把大自然，神州大地，各色人等，各色物种，各色事件视为审美的对象，视为人生的大舞台，从而获取一种开阔感，自由感，超越感。”这段话出自王蒙新著《逍遥集》。本书是群众出版社“当代名家随笔丛书”之一种，收文六十篇，恰与著者年龄暗合，想必是有意为之，留作纪念吧。王蒙近年刻了三枚闲章，又以闲章为题写了三篇注文，曰《无为而治》，曰《逍遥》，曰《不设防》，而偏偏拈出“逍遥”二字冠于书前，可见这两个字在花甲王蒙心中的分量。我读《逍遥集》，透过恣肆的文笔，时时遇到王蒙从容微笑的目光，觉得缚住心灵之翮的那根绳索松动了。

《文汇读书周报》1995年8月12日

诱人的“唐注”

读这部书（《胡适口述自传》），最有兴味的不是“传”，而是占全书半数篇幅的“注”。注者唐德刚先生，是胡适晚年入室弟子，在胡夫人眼里是“最好的好后学”。他的尊胡是不消说的。难得的是能尊之外还能批，且于尊批两端都出自历史的、科学的分析，尊得可信，批得在理。类如唐先生认为胡适整理国故的成绩是“前无古人，后无来者”，却又不止一次地指出乃师治学“缺乏社会科学的训练”；既推胡适为“白话诗文的倡导和试作”的“第一个英雄”，又尖锐地指出“文言是半死的文字”这个著名口号的病害，等等。常听人说“吾爱吾师，吾尤爱真理”；真要做起来，且白纸黑字，像唐先生这样的，鲜矣！又，唐先生天才卓异，胸襟透脱，雄于诗文，每将切身体验穿插其间，挥洒开来，不经意而成一篇有学有识有情的美文。如此，则“唐注”绚烂而多姿矣。

《文汇读书周报》1996年3月16日

两种人生

唐寅一生，旷达自矜，名士风流，临终前的绝笔诗亦不改常态：“一日兼他两日狂，已过三万六千场。他年新识如相问，只当漂流在异乡。”他是以“狂”来衡量人生的。

徐志摩才气横溢，一册《爱眉小札》，记录的却只是“因爱而流出的思想”，除此，“决不愿夹杂一些不值得的成分”。他说：“爱是人生最伟大的一种事情”；“我没有别的天才，就是爱；

没有别的能耐，只是爱；没有别的动力，只是爱”；“爱的成功，那就是生命的成功”；“必要时我们得以身殉，与烈士们爱国，宗教家殉道，同是一个意思”。——他是以“爱”来衡量人生的。

《火花》1998 年第 2 期

路翎的悲剧

路翎两度入狱，成为胡风集团中唯一“二进宫”者，终于“幕落秦城”。他的好友冀汸在回忆录中写了如下一段沉痛的文字：

> 1955 年那场“非人化的灾难”，将你一个人变成了一生两世：第一个路翎虽然只活了三十二岁（1923—1955），却有十五年的艺术生命，是一位挺拔、英俊、才华超群的作家；第二个路翎，尽管活了三十九岁（1955—1994），但艺术生命已经消磨殆尽，几近于零，是一个衰老、神情恍惚的精神分裂症患者。

这使我想起茨威格笔下的旧书贩门德尔。门德尔是个超级书迷，他对书籍以外的世事一无所知。战争（一战）已经爆发，他还安静地坐在咖啡馆一隅读书，甚至不管不顾地接连给敌对国去信，催索他战前已付全年定金，但战争爆发后竟好几个月都没收到的期刊。在信中他表示了自己的不满和恼怒。这些信当然走不出国门，警察局以通敌嫌疑逮捕了他。门德尔在集中营待了两年后，才被几位以前经常托他买书的身份高贵的主顾解救出来。但他已判若两人，不再是“世界奇迹”，不再是一切图书的“神奇的索引柜”了。

归来的路翎不再是路翎，正如门德尔不再是门德尔。但路翎更惨。门德尔不过在集中营待了两年，而他竟服刑十九年！门德尔毁于世界大战，路翎呢？

《火花》1998 年第 2 期

误　读

今年看到两篇关于傅青主的短文：一篇是 4 月 23 日《人民日报》“大地”副刊上陈鲁民先生的《厚道与刻薄》，另一篇是 10 月 13 日《太原晚报》“天龙”副刊上刘建武先生的驳论《不要误读傅青主》。我赞成刘先生的意见，陈文确是误读了傅青主；还想抄一点资料，以补刘文。

陈先生说：“而傅青主对赵子昂的字也是一个贬：‘予极不喜赵子昂，薄其人，遂恶其书。’”以此证明傅青主属于“历代都有”的那种“文人相轻，出言刻薄者”。刘先生的意见是，傅青主是“硬骨铮铮的汉子，自然要‘极不喜’奴颜软骨的赵孟□，由‘薄其人’至‘遂恶其书’，这是合乎情理的，倘是别一态度别一情怀，则傅青主倒不是傅青主了。”同一论据得出了相反的结论。

傅青主在《字训》（见丁氏刊本《霜红龛集》卷二十五）中，确实说过上面被陈、刘两文作为论据的那几句话。问题是，那并非傅青主对赵子昂书法的基本态度。傅青主这样讲：“予极不喜赵子昂，薄其人，遂恶其书。”紧接着又说：“近细观之，亦未可厚非。熟媚绰约，自是贱态；润秀圆转，尚属正脉。盖自兰亭内稍变而至此。”显然，傅对赵只是“薄其人”，对其书法的认识则前后有变化，以前是“遂恶其书”，现在（即写《字训》时）仔细看过后，则认为“亦未可厚非”。并非如陈先生说的“也是一个贬”。要之，不因人废字，傅青主正有一颗“过忠过厚之心”，恰恰属于陈先生文中所倡扬的那种有“大家风范”的、“厚道的文化人”。这样的态度这样的情怀，才是真正的傅青主。倘非如此，则真的如刘先生所言“傅青主倒不是傅青主了”。

《太原晚报》1999 年 11 月 22 日

夜读小札之一

【题记】古人说：三日不读书，则言语无味，面目可憎。我在年轻时即以此自警。虽资质所限，收获寥寥，但差可欣慰的是，读书在我已成为习惯，是生活中不可或缺的一部分。偶有所感，便题在书眉，或写在日记里。兹辑录六十六则，汇成小札。这些文字，有的距今二十多年了。

一、读《巴黎圣母院》第六卷。精彩绝伦！仅此一卷，亦足成世界名著，雨果真是旷世奇才。

夜读第七、第八卷。艾丝美拉达和她的小山羊被一群混蛋以“圣神”的名义判处绞刑；克洛德虚伪、阴毒、无耻；侍卫队长的花花公子气和迷信，等等，使我愤怒窒息，恨不得撕碎这一切丑恶的东西。然而，卡西莫多出现了，他抡起巨灵般的拳头，把两名行刑人员打倒，一手托起姑娘，就跟孩子抓起布娃娃似的，一个箭步就跳进教堂，把姑娘高举过头顶，以可怕的声音高呼："圣殿避难！"看到这里，我心胸激荡，跟着他高呼："避难！避难！避难！"仿佛跟夏莫吕和刽子手们挑战。

连伟大的雨果也激情难抑了。他写道："正是此刻，卡西莫多显出了他真正的美！他真美，他——这个孤儿，这个弃婴，这个被唾弃者，他感觉到自己威严而强大。""这样的畸形人保护这样的不幸人，这是受自然、社会虐待的两个极端不幸，会合在一起，相濡以沫。"

真舍不得把书放下，我已经好久没有这样激动了。《茶花女》让我激愤，却不像这次热血沸腾，文学的力量真正了不起！

二、读《歌德谈话录》，爱克曼辑，朱光潜译。爱克曼第一次见到歌德时惊叹："多么崇高的形象啊！"我第一次读这谈话录，不由得惊叹："多么卓异的声音啊！"我的心在每一行跳动，就像小时候过八月十五，从母亲手里拿过一份月饼，贪馋地看着，怀着一种虔诚的心思，一点一点啃，品着那一年才得一次的滋味。爱克曼真有福气，能与歌德这样的大师朝夕相处，他说："尽管他有时并未说出什么重要的话，在默然无语时，他的风度和品格对我就是很好的教育。"

三、夜读《鲁迅全集》毕，掩卷后长舒一口气。一年多来，从这十六卷、六百万言中所得营养将终生受用无穷。鲁迅先生也是人。在厦大，先生住楼上，厕所很远，且须经过一片草地，而此地多蛇，为防止发生意外，先生晚间常就瓷痰盂小解，无人时从窗口倒下，“这虽然近于无赖，但学校的设备如此不完全，我也只得如此。”先生竟这般真率。他的笔下无一处虚妄、矫情，有的只是锋利，切实，真率，赤子之心。

与一般弄笔者不同，先生是希望自己的作品“速朽”的，因为“它们与黑暗同在”，只有那黑暗消亡了，他的作品也就不复存在，他才会满心欢喜地笑出来。然而我们至今还在读着鲁迅，我们的子孙也会接着读，从中汲取养分。这是幸呢还是不幸？

四、看电视剧《山峡中》，根据艾芜同名小说改编。发箧找出《艾芜短篇小说选》，正有这一篇，读完又把鲁迅《二心集·关于小说题材的通信》重读一遍。鲁迅的深刻是无处不在的，即如这封给艾芜、沙汀的复信，指出：“若是战斗的无产者，只要所写的是可以成为艺术品的东西，那就无论他所描写的是什么事情，所使用的是什么材料，对于现代以及将来一定是有贡献的意义的。为什么呢？一位作者本身便是一个战斗者。”这里强调的首先须是“战斗的无产者”，其次是“可以成为艺术品的东西”，二者兼具，才可以对“现代以及将来”有意义。

孙犁、赵树理、艾青便是这样的。

五、季镇淮《司马迁》共七章二十四节，前五章十五节从纵的角度叙述了司马迁的一生，贯穿始终的红线是司马迁的实践主义和坚持理想的精神。第六章共九节则从横的方面，即通过剖析《史记》的基本方法、司马迁褒贬历史人物尺度的人民性等来塑造一个“伟大的现实主义的历史家和文学家”的形象。《史记》是司马迁一生实践主义和坚持理想的伟大精神的结晶。第六章从文体上看更像是一篇研究《史记》的论文。因为出发点是人，不是文，所以并没有很好地展开。末章即第七章总论司马迁在中国文化史上的地位和影响，提纲式的，点到为止。著者在《后记》里写道：“人物传记基本上是属于历史科学的范畴的，它不允许驰骋想象。写《司马迁》也只能根据这点资料说话。空白的地方只好让它空白。”这是他的传记观。

六、读托尔斯泰《复活》。封面人物是围着白头巾、斜睨着两眼的玛丝洛娃。我却认为不论从人物在全书篇幅中所占的比重，还是刻画的深刻程度，第一主人公不是玛丝洛娃，而是聂赫留朵夫。

一旦有哪个上流社会的人物登场，托翁仿佛一下子就来劲了，必得用那管横扫千军的笔，杀他个人仰马翻，直到露出那皮袍下面的“小”来。《复活》里没有一个上流社会的人物是高尚的。聂赫留朵夫曾经是一个纯洁、真诚、有上进心的好青年，但在社会的、特别是上流社会的酱缸里变了颜色。当他看见玛丝洛娃坐在被告席上被判刑，忽然良心发现，意识到自己是始作俑者，便开始忏悔了，并以他在上流社会的地位、身份采取行动，要把本来就无辜的玛丝洛娃解救出来。他尽了最大努力但收获甚微，在这过程中他看到了种种罪恶，于是断然决定放逐自己，即结束上流生活，到民间去，从而拯救、复活了自己的灵魂。这是托翁的哲学，也是他的天真之处。

七、夜翻读钱君匋《书衣集》，从中可以获得书籍装帧方面的一些知识和资料。钱君匋修养深厚，不但精于装帧、音乐，且长于为文，其为人坦荡，有血性，也不乏偏激，故文气健朗。怀念师友的那一组，尤其是《弘一法师写铜模字》《忆弘一法师》《怀念画家张大壮》等可作美文看。如写第一次见到弘一大师："我抬头一看，一位和尚站在办公室门口，门正好成了框子，把他嵌在中间，他高约一米七，穿着宽松的海青，因为面形清瘦，神情持重，虽然微笑，却有一种自然的威仪，把身材衬托得很高很高，目光滢澈，那是净化后的秋水滢潭，一眼到底，毫无矫饰。上唇下巴有些髭须，异常的率真可亲。五十出头，并不能算老，我见到他的虔敬，不亚于见到祖父一样，一阵清凉之气从我脊梁上向全身扩散开来，人世间一切俗质伪饰，在一刹那间都卸净了。”

八、读《老残游记》。此书长处在语言的清秀灵动，人物塑造很一般，思想内容无深刻醒人之处。第八回：“等到忙完定归了，那满地已经都是树影子，月光已经很亮的了。”第十二回：“再看那堤上的柳树，一棵一棵的影子，都已照在地下，一丝一丝地摇动，原来月光已经放出光亮来了。”两处都是先见树影，再及月光。不是作者所见，乃是书中人物所见。闲中一笔，幽然如画。

九、读于光远《文革中的我》。从中可以了解一些鲜为人知、从别人的文章中看不到的史实，如邓小平复出后成立国务院政治研究室及其工作情况等。于光远有大智慧，文章中却看不出来。文章乏味，没有情致。倒是他在宁夏中宣部“五七”干校期间对女儿小东进行函授教育的事，让我看到一位为人父的、智者的风范。同时联想到流沙河曾给女儿编识字课本、编儿歌的事来。收集这类事可以编一本小册子，反映“文革”中被难的优秀知识分子对子女施教、传承文化的情况。

十、读陆键东《陈寅恪的最后二十年》至深夜，感泣不已。陈氏晚年生命的苦寒、悲凉，恪守“独立之精神，自由之思想”的无与伦比的坚韧意志，使我充满感动。为文化受尽苦难乃至以身殉之的，古代有司马迁，近代有王国维，现代则要推陈寅恪了。长期以来，我们的心灵只是被革命先烈的悲壮事迹所感动，极少为那些殉于文化、为学术自由献身的英魂颤抖。面对陈寅恪，让我们的心长时间地颤抖吧。

书对人，一个生命对另一个生命的呼唤；人对书，一个生命对另一个生命的渴望。

十一、我的学力远不能胜任读《顾准文集》，但书中的几片序言、后记和顾准传略所勾勒出的顾准形象，使我看到了一个奇迹：顾准终其一生只是为了追求真理，此外别无所求；他的追求真理的足迹，一直延续到他生命的终止。他超越了自己的时代。他把自己遭到的不公平待遇和古今中外历史上的事件作了比较之后，心情变得冷静而充满理智，对自己反复多次长期身处逆境，并不怨天尤人，处之泰然。相反，他对历史充满了信心，认为历史总是在前进。

顾准，有大智，更有大勇。他是义无反顾的。

王元化的序里引用王安石一首诗："沉魄浮魂不可招，遗编一读想风标。不妨举世嫌迂阔，故有斯人慰寂寥。"读之再三。

十二、读黄仁宇《万历十五年》。新意迭出，富有卓识，端赖著者大历史观。第二章"首辅申时行"，流畅自如，左右逢源，滔滔不绝。朴拙的行文中，渗透着史家客观冷静的态度、温厚的性情。

十三、《文汇读书周报》新月版载林徽因轶文《山西通信》，大哥颇欣赏，认为林的艺术感觉很好，像天女下凡，其眼光完全是审美的。我的认识则停留在社会的、人生的层面上，时值抗战，总觉得作者应该对时局、对民间的疾苦表示关注和同情才是。听大哥一说，便想时局问题、民间疾苦是政治家、新闻家、实业家的事，一个贵族出身、从西洋留学回来的才女（且又是少妇），关心固然好，不关心倒也无妨。撇开社会的、人生的关怀不提，单单从审美角度来看，则林徽因笔下这样的句子："旬日来眼看去的都是图画，日子都是可以歌唱的古事"，如诗一样可以诵之再三了。沈从文亦如是，《边城》里的人生也是审美的。

十四、读林语堂《苏东坡传》。林氏笔力遒健，卓识超群，他认为真正的苏东坡只是一个心灵，如同一个虚幻的鸟，这个鸟也许直到今天还梦游于太空星斗之间呢。准此，则书中提到的苏东坡的行动事故是"迹"，心灵这只虚幻的鸟是"所以迹"。

书中提到艺术上所有问题都是节奏的问题，苏东坡的朋友文与可偶然从二蛇相斗中获得灵感，把蛇身上那种矫健动作吸取于笔画之中，书艺精进。我想起舒同的诗："静如油漆轻轻抹，动似蛇龙节节衔。”——“节节衔”不就是节奏吗?

十五、骆玉明的《纵放悲歌》，是余秋雨《文化苦旅》之后又一本引起我内心呼应的书。骆先生的文笔富有弹性，是那种“其即也温”的感觉。书中篇篇都是好文章。骆先生对唐寅的“狂”的解释，使我对乡先贤张瑞玑有了新的认识。

骆先生认为在中国历史上，“狂”有两类，一为“肆意直言的掩饰”，如魏征对唐太宗说“狂夫直言，圣人择焉”。一为“任情而发、不遵规度的生活态度”，如李白的“我本楚狂人，狂歌笑孔丘”。两者合起来，再考察唐寅的一生，可以明白地说：唐寅所自诩的“狂”便是真诚的、自由的生活。

乡先贤张瑞玑也自称“狂”，诗句中多见，“天涯到处容我狂，不是诗场即酒场”；“我是江湖老狂生，错被人呼作刘伶”；“一枝秃管酒千觞，到处江湖容我狂”；“姓名误落俗人口，江湖呼我作酒狂”。与唐寅相比，张瑞玑科场顺利，假如他屡试不第，是否会成为唐寅的隔代相知？从他“披我两千余年旧历史，一读一哭泪滂滂”看，不会。唐寅只是一个以自己的艺术才能谋生的文士，张瑞玑则以唤醒睡国为己任，是要济天下的。张瑞玑的诗文不脱离现实政治、社会和人生，这一点很像杜甫；他狂傲的性情则近于李白。好像张瑞玑在用李白的笔写杜甫的诗。

十六、读高步瀛《魏晋文举要》，凡十七家二十五篇。鹰扬于脑际者，唯曹子桓、曹子建两兄弟，子建尤敏速英武，深得我心。记得吾晋大儒郭象升曾称其“绣虎天人”。《求自试表》展其雄健怀抱，《与杨德祖书》申明其志在“戮力上国，流惠下民，建永世之业，留金石之功，岂徒以翰墨为勋绩，辞赋为君子哉”。在他眼里，辞赋仅只是“小道”，不足以“揄扬大义，彰示来世”。但陈寿《陈思王传》云：“植任性而行，不自雕励，饮酒不节。文帝御之以术，矫情自饰，宫人左右并为之说，故遂定为嗣。”可见，陈思王是文学天才，非称帝御人的政治天才，其政治抱负如“建永世之业，留金石之名”之类，仅止于清议而已。“任性而行，不自雕励”是文学家之所必须，却是政治家的大忌。

机关图书室处理旧书时购得《曹子建诗注》，注者名黄节。稍后读张中行《负暄琐话》，始知黄节字晦闻，20 世纪 30 年代已是北京大学中国语言文学系的老教授，旧学很精，编有多种讲义，如《曹子建诗注》《阮步兵诗注》等，“都可以算是名山之作”。

十七、从省图书馆地方文献部借到常赞春《山西献征》。读《征君吴天章先生事略》，大为惊奇。吴氏名雯，字天章，永济人。康熙年间诗名大噪，王士禛、洪昇、赵秋谷激赏他的诗才。王士禛称："汉魏以来两千年间，诗家号为仙才者，曹子建、李太白、苏子瞻三人耳。本朝作者如林，可称仙才者，独蒲坂吴生。""与海内谈诗凡五十年，雄才固不乏，然得髓者，终属吴生。"赵秋谷称："先生诗谓千顷之波，不可清浊，天姿国色、乱头粗服皆佳。其乡自元遗山后一人而已。"查《清诗选》，吴雯名下仅选一首《明妃》。惭愧的是，在这之前，我连这位乡先贤的大名都没听说过！

十八、托人给我办了山西大学借书证，获准借出馆藏的库本《常燕生先生遗集》，共十册，精装，台湾文海出版社 1967 年出版。

夜抄常燕生(乃悳)《山西少年歌》。吴宓极推重常氏，曾为《山西少年歌》作注、写跋。他认为常燕生是"今世中国旧诗作者之翘楚"，"其包融铸造之功实可称，而气势雄浑，风格遒上，尤常君诗之特质也"。常燕生是国家主义派，曾担任中国青年党宣传部长。《胡适往来书信选》有致常燕生的一封信，认为："国家主义所出报章，《醒狮》《长风》都是很有身份的。"其时常氏任《醒狮》周刊的主编。常燕生是常风的族侄，后者在《逝水集》里提及"七七事变"后他的这位族侄一度关心过滞留北平的周作人。

十九、翻《康白清新诗全编》，始知郭沫若写白话诗直接受到康的影响。胡适对康也很欣赏。康《西湖杂诗十八首》之九："凡经我做过的都是对的。"《律己九铭》之四："我要做就是对的；凡经我做过的都是对的。随做我的对的；随丢我的对的。"胡适在《康白清的〈草儿〉》一文中认为，这是康白清在"宣告他的创作精神……我们读他的诗，也应该用这种眼光，'随做我的对的'是自由；'随丢我的对的'是进步"。我觉得，康氏的"做"和"丢"其实也是他的人生观，在今天也是有意义的。

二十、读季羡林《留德十年》。这是我读的第一本介绍德国的书。法西斯在德国是一个极端的现象，除此之外，作者笔下的德国人，是那样的真挚、诚实、聪明、执着，做事是那样的负责、彻底、有秩序。尤其不可思议的是，作者一再写到的：德国人之爱清洁，闻名天下，街道洁净得邪性，你躺在马路上打滚，绝不会沾上任何一点尘土；家家的老太婆用肥皂刷洗人行道，已成为家常便饭；过了三十五年后重返时看到的依然如此。

二十一、翻《蒲宁散文选》。蒲宁得知获诺贝尔文学奖的消息时，他正在看电影，不相信通知他的是真事。"然而不能不相信，因为远远就可望见在俯瞰格拉斯的山坡上，我家从上到下灯火通明，而平日这个时候，这幢孤苦伶仃地坐落在山上荒芜的橄榄园中的房子，一向是落寞的，昏暗的。于是我的心一下子忧伤地揪紧了。”在诺贝尔奖委员会举行的盛大宴会上，蒲宁用法语发表演讲，他说：“世界上应当有充分独立的领域。毫无疑问，在此地的餐桌四周有代表各种各样观点、各种各样哲学信仰和宗教信仰的人。但是有一种不可动摇的东西把我们团结在一起，那就是思想的自由和良心的自由，这是文明的恩赐。”蒲宁被迫离开十月革命后的俄国，宁愿长期流放，也要保持“思想的自由和良心的自由”。爱好自由的法兰西留住了他，以对自由的爱好为国教的瑞典把最崇高的荣誉送给了他，蒲宁的收获是双重的。

经历过苦难的心灵是高贵的。

从苦难中获得的感悟是深刻的。

二十二、茨威格说：“我在写作上的主要志趣，一直是想从心理的角度再现人物的性格和他们的生活遭遇。这也就是我为许多名人撰写评论和传记的缘故。”这段话见于人民文学出版社《斯·茨威格小说选》（张玉书译）。“从心理的角度再现人物的性格和他们的生活遭遇”，易于失之主观；这里有个“度”的问题，把握好了，形象生动，反之则虚妄失真。在《人类的群星闪耀时》的序言里，茨威格明确反对在这些“历史特写”中运用虚构的手段。他说：“我丝毫不想通过自己的虚构来增加或者冲淡所发生的一切的内外真实性，因为在那些非常时刻，历史本身已表现得十分完全，无需任何后来的帮手。历史是真正的诗人和戏剧家，任何一个作家都甭想去超过它。”但显然，茨威格并非在写历史著作，而是文学作品。把握一个历史人物，需要足够的史料，所以历史学家要“上穷碧落下黄泉，动手动脚找材料”（傅斯年语）。但在文学家的茨威格那里，占有史料只是第一步，接下来他要分析综合，以便从根本上把握历史人物。然后才可以驰骋想象的翅膀，拓展人物的心理空间。而读者的感受，主要的不是从史料，而是从“心理的角度”渐次得到一个完整的人物形象。

历史特写不能堆砌史料，而要进行文学创造。茨威格教给我们的是，“从心理的角度再现人物的性格和他们的生活遭遇”。我甚至想，写历史人物，作家的本领主要表现在是否能拓展人物的心理空间上，因为这往往是历史学家搁笔的地方。这很难，但茨威格的不同凡响处正在于此。还有，描写历史事件时（包括他的散文），他的心在字里行间剧烈地跳动，这种“茨威格式”的激情，让我着迷。

夜读小札之二

一、读罗曼·罗兰《巨人三传》。即《贝多芬传》《弥盖朗琪罗传》《托尔斯泰传》，傅雷译。面对这三位巨人，我们显得太矫情了。我们田鼠一样伏在地下，也田鼠一样作麻雀与苍鹰的裁判。我们激昂地在一洼淀清的雨水中荡楫，以秋后一片落叶为理想的航船。我们翅翼上沾一滴晨露，便以为遭了雷电风暴的侵袭。我们的心常常被虚幻的肥皂泡的色彩迷住，胜利地释放着青春的热量……看看贝多芬，看看弥盖朗琪罗，看看托尔斯泰吧！将我们贫血的心在那苦涩的、纯洁的气息中熏沐一会儿吧！我们纵不能在那伟大心魂筑就的高峰上栖足，但至少应一年一度去那里顶礼，去那里变换一下我们肺中的呼吸和脉管中的血流。

二、辛安亭选编的《文言文读本》，有一篇太平天国文告《戒浮文巧言谕》："文以纪实，浮文所在必删；言贵从心，巧言由来当禁。"

晚上看高尔泰《辛安亭先生》，又从网上下载辛老的资料。辛老一生编著六十二本书，《文言文读本》只是晚年编的一种。写于1982年7月的《文言文读本前言》中说：“我用了一年多的工余时间，翻阅了大量古籍文献，编选了一本供中学生和中等文化程度的干部学习用的《文言文读本》。”我在南宫旧书肆淘到的，是1984年12月第1版，第1次印刷，印数25810本，甘肃人民出版社出版的。辛安亭是延安时期的老同志，长期在领导岗位上，曾与叶圣陶一起执掌解放初期的人民教育出版社。他一心向学，他做学问不为别的，只把一腔报国之心，用在了编写教材，教育国民，提振国民精神上。这样一个人，官场失意自是必然，他不在意这些。山西地方志应该给他立传。

三、看大同日报副刊专栏“祥夫言事”之《从画说到肥皂》，旁批：“祥夫此文让我想到张岱，散散漫漫，信手写着，一种气息弥散开来。”他竟这样来遣词造句，比如“泡澡泡到浑身大汗，满脑门儿都是汗，眼睛给汗杀得睁不开然后才会去洗”，还有：“我总是埋怨爱人不会买肥皂，怎么一买就是现在的那种能香人一个跟头的肥皂?”如此炼字用语，让人乐服。

四、上午收到大哥寄吴若增文章《孙犁老师:一个完成了自己的人》，当下就读了。吴文结尾说：“想起孙犁老师，我就知道——人是可以活得干净的！人是可以完成自己的！”即给大哥回复短信:“吴文确像散文诗,‘干净、完成’两个关键词,是对孙犁最准确的解读。”大哥对吴文的批语是:“写得好!有鲁迅《野草》的味道。”我看吴文比《野草》明快些。

五、途中翻《方成漫画》。《武大郎开店》最早看到距现在三十二年了,一入眼还是禁不住会心一笑。论者说文艺作品过五十年若是还有人读,就有生命力,鄙意方老的武大郎至少还有二十年寿命。另有四幅钟馗,其中春眠、世事浇漓两幅的题画诗意味绵长,诗与画俱佳。可叹者,一册中讽刺“三公”消费尤其公款吃喝的有好几幅,时间横越二十余年,方老今日纵然能画,怕是也无心再画这类题材吧。

六、读陈丹青《笑谈大先生》。不独今年,算起来这几年最触动我的,也是这本书了。陈丹青是位思想者,敢于讲真话。他以为扭曲鲁迅实在是扭曲我们,讲得在理,以前没听鲁研专家说过。陈先生不以鲁研专家名世,我看过一些鲁研专家的著作,很少能像陈先生这样拿住我。是的,“拿住”。表面看陈先生的文字很理性,但在文字背后你能感受到他遏止住的灼灼激情。看完他这本小书,我又想去读读鲁迅了,还有胡适、周作人。

次日又读了一遍鲁迅的《野草》。生与死、理想与现实、希望与绝望,先生彷徨期的思想结晶,萃于一册。

七、读黄裳《旧戏新谈》。文章合为时而作。著者血气方刚，借旧戏寓时事，这是杂文的一个新品种，是独具特色的。黄永玉在新民晚报“夜光杯”上的“水浒”系列，图文并茂，那是画笔写就的杂文。

八、读赵越胜《燃灯者》至第十页“教室里极安静”时，文字的纯净之气扑面而来。读的是文字，感觉到的却是文字下面的纯净，像是文字下面铺了一层素绢。这层素绢该是作者其人吧。大哥向我力荐这本书，说他已经读了两遍，要我静下心来品味。燃灯者，是啊，大哥不就是我的燃灯者吗？

九、翻看乔全生著《洪洞方言研究》。书中称春秋时洪洞属杨县，赵城属彘县，均属河东郡。西汉仍旧。东汉，彘县改为永安，洪洞仍称杨县。隋始置赵城县，改杨县为洪洞县。查《辞海》：“彘，古地名，在今山西霍州东北。公元前 841 年，因国人起义，周厉王逃奔至此，旋死。西汉置县，东汉改名永安。”按辞海，彘县之名始于西汉，而非春秋。

书中引用两位外国语言学家的话，很有启示意义。一位是美国的布龙菲尔德说的：“政治疆界已经取消之后，那些同悠久的政治界线平行的同语线，会继续维持二百年光景而绝少变动。”洪洞、赵城分置的历史悠久，1954 年才合并，至今乡人语言判然两地，大概还需一百多年的消磨才能融合。

一位叫帕默尔的，不知哪国人，说：“只要有一个人们能经常聚会的社会活动中心，那儿就存在着一种一致化的力量，表现在那个地区的文化现象上，尤其是在那个地区的言语上。”河西万安镇、马牧镇（乔著中误为马头镇）位于洪赵交界处，历史上一直是洪洞河西、赵城河西人民贸易往来、文化交流、乡间聚会的中心，所以两县河西方言的共同点很多。河东有霍泉，自古两县为夺水灌溉争讼不止，乔著称有的村庄相距咫尺，鸡犬之声相闻，男女不同婚嫁，世代不相往来，方言差异便日趋加大。有无通婚的习惯，是导致语言相对统一或分化的不可忽视的原因。故此河东两县方言的差异较大。

文学是人学，是语言艺术。研究方言的流变，有益于对一方人的透彻了解。我一直想写霍泉水的泽惠和由此引发的长时期不间断的争讼，洪赵方言的差异及其成因不可不知道一点。

十、看骏虎发在今年《山西文学》第一期上的《庆有》。他在写一种晋南乡间的生态，像一条河在缓缓流动着，使我感到亲切。骏虎似乎在走沈从文的路子，这是一条险途。沈从文是一种气味，只可以呼吸，学是学不来的；汪曾祺虽得其堂奥，但汪的高邮不是沈的湘西。生活中的柴米油盐，只有吹一口仙气，方能成为好的艺术品，这仙气就是灵气或曰诗意。

又看骏虎的小说《此岸》、短论《命运才是捉刀人》，他有自己的追求，眼界是高的。

十一、读《雷雨》，一气儿读完了。好久没有这种放不下的感觉了。按说剧本早就看过，人艺在首都剧场的演出也看过，剧情早已熟悉了，怎么还是这样抓人？曹禺二十三岁就创作了这样的经典。我看的是在南宫书肆淘到的《曹禺剧作选》，书柜里还有一册人文版的《雷雨》，有序幕和尾声，不知何时添加上去的，虽显得舒缓一些，在我看来显得多余。

十二、翻看骆玉明《权力玩家》。有故事，有见地，文字也漂亮。看司马懿守雌谦恭一生，临死前几年发动兵变成了大事，当时机未到之时，他以年迈之躯屡次出征建立赫赫战功，积累了丰厚扎实的政治资本。

十三、翻《汾酒的文化》和吴德铎发表于二十年前《史林》杂志的论文《烧酒问题初探》，颇有所获。尤其是意外地了解到郭沫若的一则史料。据传郭沫若是唐代汾阳王郭子仪的后代，四川乐山市沙湾镇郭沫若旧居里，至今还挂着“汾阳世第”的黑底金字牌匾，他本人少年时代也曾在课本上自署“汾阳主人”。1965 年 12 月，郭初到汾酒厂，兴致极高，随行的医生提醒他不能多喝酒，郭说：“到了家乡不喝酒，真是枉有此行，今天我就不听你的了。”这则史料，帮助我对郭遗嘱将其骨灰的一部分，洒在大寨虎头山上，有了新的认识。原来郭的这一选择还牵动着他遥远的又是深深的乡情，岂是浅薄的人们所嘲讽和责难的爱赶风头！像郭沫若这样绝代的天才，其内心世界当比常人要丰富得多！

十四、翻开沈钧儒的《寥寥集》，跳着看，竟看到最后。印象最深的是写于 1952 年 1 月 25 日的《东方红》：“涵咏毛诗对太阳，人间无事不光明。洗清头脑排脏物，鞭挞先从己一身。”沈先生当时已经年届八十，没有人能强求，他的改造思想是自觉的，真诚的。从旧中国走过来的知识分子中，有不少和他是一样的。

看杨绛译《小赖子》，译笔冷峭、幽默。

十五、睡觉前翻白夜《留影》，末篇讲文章的意境，讲虚实结合，很受启发。王梦奎编的《怎样写文章》影响比较大，多次再版，下次再版时应该增加白夜的这一篇创作谈。感受如此之深，是因为我写的东西多是质实的，白夜的文笔则灵动圆润多了，称得上是珠玉之作。

十六、读罗莎·卢森堡《狱中书简》，就跟烤着烈火一般。自有人类以来，把信仰和忠诚诠释得最为淋漓尽致、最为高亢傲岸的，大概莫过于马克思主义者了，甚至没有国别的差异。革命烈士诗钞，红岩诸英烈莫不如此。

十七、《文汇报》载黄永玉悼钱锺书文《北向之痛》，事极琐碎，但发乎情，无章法而有韵致。唯斯人乃有斯文。

翻《新华文摘》。黄永玉的诗、文、画是纪念巴金的，诗画题为《你是谁》，短文《巴先生》写道：“我喜欢巴先生那张古典的与众不同的脸孔。几乎每一位老人家脸上都悬挂自己灵魂和里程的准确的符号，这是不由自主的奇怪现象，请仔细回味：鲁迅先生的，郭沫若先生的，茅盾先生的”等。“巴先生有一张积压众生苦难的面孔，沉思，从容，满是鞭痕。”他为巴金故居创作的画《你是谁》就画出了巴金的这样一张面孔。

十八、周振鹤《油印本〈洹上词〉偶识》一文，载 1997 年 10 月 4 日《文汇读书周报》“书人茶话”。文中引录了袁寒云这部遗稿中的一条注语，因注语未落款识，作者问：“不知写此注语之人为谁？会不会就是张伯驹本人？”查《张伯驹词集》，《丛碧词》所收《踏莎行——送寒云宿霭兰室》，正是周先生所引注语中的那一阕和词。不过注语中的和词末句为“飘摇密云如花坠”，《丛碧词》作“飘摇密雪如花坠”。周先生文中引录的油印本张伯驹另一阙《金缕曲——题寒云词后》，亦收《丛碧词》。略异者，油印本上片“忆举酒，对眉妩”，《丛碧词》作“忆属酒，对眉妩”；下片“何逊扬州飘零久”，《丛碧词》作“何逊白头飘零久”。

《张伯驹词集》收丛碧、春游、秦游、雾中、无名、续断六种，张的女婿楼宇栋所写《后记》称："是集六种，乃先岳丈在世自定稿。"据此，则上举异处当以《丛碧词》为是。

十九、李怀宇《访问历史》的副题是：三十位中国知识人的笑声泪影。"知识人"的说法，初次见到。作者是70后的年轻人，笔法老道，不文不火，有独立的思考。书做得很好，广西师范大学出版社出版。遇到需要注释的人，把名字加粗，在旁边空出一块地方作了旁注，读起来很方便。受访的知识人都是大家，随意而谈，内容丰富，不乏耳目一新的资料。

比如，第一位受访的许倬云说：外来思想对中国史学的影响，"最大的转变是把欧洲的史学研究方法拿进来了。寅恪先生写的文体是中央研究院史语所期刊的文体，规格、体裁、讨论问题的角度都是德国史学的，是傅孟真先生带回来的。史语所建立以后，就成了全中国史学的指标。"

再比如，香港中文大学的陈之藩，是电机专家，文章也好。他说：我老想写一篇关于什么是博士的文章，博士就是对这一个问题，当你发表的时候是全世界第一，解决一个问题你是第一，这就是博士。

每位受访者都在文章前面加了一帧黑白照片，流沙河的照片一改往昔精瘦的面容，居然胖了起来。看了访谈中的夫子自道才明白，老先生沾了庄子的光。他说："是庄子教我们换一个角度来面对现实，如果不换一个角度，心中非常怨恨，非常愤懑，胃病更加严重，神经更加衰弱。所以我说，《庄子》是给历朝历代的失意文人一点安慰。”

二十、翻萧涤非选注的杜诗。萧以为《登高》（“风疾天高猿啸哀”）是“杜甫最有名的一首七律”，胡应麟则推为“古今七言律第一”。《江南逢李龟年》（“岐王宅里寻常见”）萧看作“是杜甫绝句中最晚的也是最有名的一首”。这两首都作于杜甫的晚年，后一首七绝更是杜甫死的这一年（770）在长沙时写的。这也是庾信文章老更成的例子吧。

又，杜甫与李白的友情深笃，萧注本里二百八十一首中杜怀李、忆李、梦李、赠李的就不少，少壮时有《赠李白》（五古）、《赠李白》（七绝）、《八仙歌》（七古）、《春日忆李白》（五律）、《送孔巢父谢病归游江东，兼呈李白》（七古），到了老年则有《梦李白》（五古）、《天末怀李白》（五律）。

表达欣赏之意的如：

“李侯金闺彦，脱身事幽讨。”（《赠李白》）

“李白斗酒诗百篇，长安市上酒家眠。天子呼来不上船，自称臣是酒中仙。”（《八仙歌》）

“白也诗无敌：飘然思不群；清新庾开府，俊逸鲍参军。”（《春日忆李白》）

表示规劝、惋叹的有：

“痛饮狂歌空度日，飞扬跋扈为谁雄？”（《赠李白》）

“冠盖满京华，斯人独憔悴。” （《梦李白二首》之二）

还有思念和祈愿：

“君今在落网，何以有羽翼？”“水深波浪阔，无使蛟龙得。”（《梦李白二首》之一）

“凉风起天末，君子意如何？”“文章憎命达，魑魅喜人过。”（《天末怀李白》）

杜甫和李白两座诗歌高峰，凝聚着人性中至美的东西，使他们能够相契成为至交诤友，让后人羡慕感叹，历代抑杜扬李或者抑李扬杜的研究实在是多事。人间重真情。

二十一、李白赠杜甫的诗，张瑞君选注本有两首五律，都是送别时写下的，抄在这里：

一首是《沙丘城下寄杜甫》：“我来竟何事？高卧沙丘城。城边有古树，日夕连秋声。鲁酒不可醉，齐歌空复情。思君若汶水，浩荡寄南征。”后面四句可以看得出李对杜的情谊。

再一首是《鲁郡东石门送杜二甫》：“醉别复几日，登临遍池台。何时石门路，重有金樽开？秋波落泗水，海色明徂徕。飞蓬各自远，且尽手中杯。”杜甫在族中排行老二，洒脱的李太白写离别也是爽朗豪迈的。

这两首单独看也是好诗，只是与李白那些耳熟能详光彩照人的诗比较起来要逊色多了，也不如杜甫赠给他的那几首。但诗归诗，情是情，不能因为李寄杜的诗少了点、弱了些，就以为其情也赶不上杜。

二十二、晚上翻出宗璞的《丁香结》，又把写澳洲的三篇读了一遍。她去访问了诺贝尔奖获得者怀特，但是比起怀特来，宗璞似乎更理解欣赏劳森。她拜谒了劳森的墓地，把龙井茶的叶子洒在墓前。她说："希望我们的读者都来读一读劳森的书！"宗璞是有高度修养的学者兼作家，她这类文章不是速写，是孕育成熟的果实，精致而又浑然天成，细品更有滋味。如说墨尔本"植物园的景色，如同竹叶青，明丽而有韵味，使人微醺"。植物园我也去过了，真是贴切！又看了书中写出访的其他篇什。记事写景不枝不蔓，恰到好处，情则溶于其中。偶发议论，根基扎得很深，绝无空泛之词。语言含蓄雅洁。这是才情使然，更是修养使然。

夜读小札之三

一、一口气读完温源宁《一知半解及其他》。南星的译笔极佳。此书使我对人物小传的写法有了新的认识。这些精短、生龙活虎的篇什，是真正的“传神”之作。作者绝少征引，绝少人物对话，绝少客观描述。独具只眼的观察，独到深入的思考，独领风骚的语言。笼罩着、统领着全书的唯有两个字——主观。印象中贾平凹的《孙犁论》近之。

二、竟日读《姚奠中诗文辑存》。分樗庐韵语、樗庐文存。其诗大都直抒胸臆，近乎乃师章太炎之“本情性”。绝少用典，绝无故作高深之态，总是和对势联系在一起。依我偏嗜，喜欢《清明有感》，诗前小序云：“1987 年 4 月 5 日，清明节，有感于山西落后状态。”诗为绝句：“清明才见草发芽，北国难开二月花。寄语东风须着力，但期新绿接天涯！”诗意蕴藉。1940 年夏，国民党安徽省党部主任刘某拉拢姚奠中，“余甚鄙之，即以书与绝。”诗云：“何物刘公子，窃居要路津。胸中无国难，眼底只私恩。遍野烝藜苦，满朝豺虎尊。谁能屈亮节，跋履向朱门！”时年二十七岁，书生意气，情性毕现。先生之文乃学者之文，质朴无华，有什么说什么，意尽言断。处处见学问，根底深厚，腹笥极丰。

三、读姚奠中《我的老师焦卓然》，肃然起敬，怦然心动。焦卓然是姚奠中的中学老师。“九一八”后焦居乡宁山中，创办一所小学，自编《中华国难教育读本》，庄严宣称“编者今执小学教鞭”。焦先生长期教中学、大学，国难当头，毅然执小学教鞭，编国难教本，壮哉斯人！他这样做，民族感情使然，但更有科学精神、理性思考在。他的教本是“三字经”的形式，旧瓶装新酒。焦先生是清末秀才，在太原山西优级师范学习后例授举人，但上下古今，萃于一编。“国有耻，急宜雪。有故事，为君说。”举出春秋以降以至辛亥革命为民族大义慷慨赴死的气节之士，予以颂扬。又例举欧、美、普鲁士、日本等国强盛之由，莫不重在小学教育。可知焦先生的“今执小学教鞭”乃是力行之。莽莽吕梁，抱此忠魂！

四、读刘祁《归潜志》。刘祁，富而能学，贫而守志；其为人忠谨笃实，为文质朴无华。刘祁比元好问小十三岁，他逝后七年，元好问也去世了。当时他俩一在浑源，一在秀荣（忻州），不约而同地纂辑金源史料。元好问著《壬辰杂编》，刘祁著《归潜志》。若不是刘祁“归潜”，元好问《壬辰杂编》之外的许多金源遗事，怕真要贻遗殆尽了。元代纂修《金史》，许多重要史料便采之《归潜志》。当时也有反对刘祁归潜的。陈时可（秀玉，寂通老人）《归潜堂铭并序》就说：“岂有吾圣门弟子反专于潜之一字耶？”“哪用此字书其堂？况君年甫三十强！”但刘祁不为所动，其愿得遂。

五、又读大哥建民《赵城的光荣》，兼及《寻找丹枫阁》中的一些篇什。大哥的文章，从发表、结集出版，到现在读过好些遍了，这次想到“提纯”二字。情感、语言、学识都经过一番调和、提纯的功夫，真、诚、善、美，经得住时间检验。可惜他这几年忙于编杂志，很少写文章了。

六、剪存的报纸中有李慎之 1998 年发表在《文汇读书周报》上的文章：《只有一个顾准》。又逐字逐句读了一遍。李慎之结合亲身经历，把反“右”和“文革”两个时期的顾准分别开来，又合二为一，得出“只有一个顾准”的结论。论据充分，论证有力，不服不行。文末说得极沉痛：“所谓‘无产阶级文化大革命’的伟大，并不在于它真能改造好人们（不仅顾准）的思想，而在于它居然能把八亿人口的大国改造成一个普遍说假话的大国。”“所以我认为，历来的所谓‘国耻’其实不过是各国历史上屡见不鲜的‘国难’，‘文化大革命’才是真正的‘国耻’。”

说假话的风气至今盛行。说者自以为是，听者不以为忤，旁观者知道那是在演戏，也不以为意。谁觉得这是“耻”，而且是“国耻”呢？知耻源自爱。知道个人的耻是自爱，知道国家的耻是爱国。说假话的人既不自爱，更不爱国。也许说假话的人能逞一时一己之私，国家却倒霉了。巴金“文革”后倡导说真话，写了一部“讲真话的大书”，但应者寥寥。巴金的反思在道德层面，李慎之的反思则在制度层面。巴金以情感人，李慎之以理服人。

七、读唐德刚《袁氏当国》。唐德刚的著作，算起来过目的有好几种了。最早的有《胡适口述自传》《胡适杂忆》，继而是《史学与文学》《李宗仁回忆录》，再就是《袁氏当国》。唐的史识、史胆、史德，早已令我拜服。这次读《袁氏当国》，其酣畅淋漓、文白相杂的史笔似有磁性吸引着我。像这样的句子：“孙公此时微近中年（四十六岁），西装革履，一表人才，在佳人名士簇拥之下，玉树临风，道籍仙班，真是大丈夫当如此也。”“然字习东坡，文宗韩柳，熟读圣贤之书，高风亮节的大革命家黄秀才，有所为，有所不为也。”“正因为我民族中也多的是黄兴一类的贤人烈士，才能抵制那些民族败类、文化渣滓、昏君独夫、党棍官僚、土豪劣绅和市侩文痞，而使我民族文化绵延五千年而未至于绝代也。言念至此，每于午夜清晨，试溯旧史，辄至感慨万端，有时且垂涕停笔，不能自已。历史学家也是人嘛！虽尽量压抑人皆有之的情感，仍难期其入至善之境也。读者贤明，当能体验之。”唐氏是一位有血性的历史学家。

八、晨起读钱仲联《清文举要》姚鼐数篇，爱其文字省净，了无挂碍，清新自然。近年读书颇像孙犁说的“拉蔓式”，一周后便从图书馆借来《惜抱轩诗文集》，刘季高标校，上海古籍社 1992 年出版。翻读一过，觉姚文的长处在文字省净，其短在情感稀薄，没有理趣。相比之下，吾乡前贤张瑞玑的文章似乎更胜一筹。又，《清文举要》以黄宗羲始，以唐文治终，“得此八十余篇之文，将以见一代文章之盛”（吴孟复语）。此书衡文标准，“非专取文艺性之文，而意在包举经、史、子、集四部之文而撷其英”（钱仲联语）。但傅青主、毕振姬等“西北之文”一篇也不收，不知何故。

九、读《启功杂忆》，著者鲍文清。普通人常有超卓之念，卓荦者难有平常之心，启先生真谦谦君子也，其名如日中天，他却一再真诚地贬抑自己。诗文中常常“杂以嘲戏”，“嘲戏”的矛头则总是对准自己。如六十六岁写的《自撰墓志铭》:“中学生，副教授。博不精，专不透。名虽扬，实不够。高不成，低不就。”“计平生，谥曰陋。身与名，一齐臭。”还有七十岁写的《沁园春》：“检点平生，往日全非，百事无聊。”“半世生涯，教书卖画，不过闲吹乞食箫。谁似我，真有名无实，饭桶脓包。”贬抑如此。启先生还有一副对联：“立身苦被浮名累；涉世无如本色难。”原来嘲戏的背后还有这般凝重，唯其凝重，更见得嘲戏出之以真，不可一笑置之。

十、在省图书馆地方文献部，借台湾“中央研究院近代史研究所”口述实录丛书之四十八：《赵正楷先生访问实录》，翻读一过。赵敬仰阎锡山，尤对阎氏“看清楚对面，始能与对面处；了解了周围，才能够在中间站”感触深。赵系山西大学法科毕业，长期从事行政和实业，见闻博洽。书中涉及民国山西政治、军事、行政、教育诸方面名流颇多，有史料价值。譬如苏体仁就任伪山西省长一职，众口一词指为“汉奸”，赵先生则言之凿凿，称苏之下水，系出阎锡山之意，并说抗战胜利后阎锡山亲自向蒋介石解释清楚后，蒋才允苏体仁赴台，寿终海岛。不知此说可信否？

十一、读钟叔河《天窗》。十一万字的小书，逐字逐句地读了一遍。钟先生思想的厚度最吸引我。民主是他心中的太阳，数十年念兹在兹，全在这上面，而对民主的敌人——专制暴政——无论古今，辄挞伐之。或痛骂：“当一阵风压倒一切时，吾侪小民还敢‘与之辩’吗，也只能‘让他一世不识太行山’，去他妈的算了。”“好在太行山仍然巍然不动地屹立在中国大地上，上帝却如尼采说的那样‘死掉了’。”（《太行山的笑话》）或婉讽：“当然，河北的这只大社鼠是被除掉了。但如果他‘凭依’的土地庙没有被扳倒，老鼠夹子又能夹得住它吗？”（《土地庙的老鼠》）“这便是专制政治最可怕的一面。君要臣死，臣便不得不死，即使位极人臣，当上了二把手，也救不了本人一条命。”（《人之将死》）或正言：“如果不让学生们唱‘自己的歌’，专门培养出一批又一批只会按着指挥棒打洋鼓吹洋号的应声虫，国家民族是不会有多大希望的，即使《拔苗助长》《朝三暮四》《愚公移山》之类寓言读得再熟再多。”（《好的寓言》）读时随手将排印的二十多处错讹用红笔画出，日后函告钟先生，以备重印时订正。

十二、读巴金《随想录》，专捡怀人之作，是因为《怀念萧珊》又一次感动了我，想集中感受一下巴金怀人之作的特色。读了怀念老舍、茅盾、丽尼、方令孺、小狗包弟诸篇，感觉巴金此类作品有一个共同点，即缘情而生，以情贯之，而不以史家眼光着墨。他也说：“我不靠驾驭文字的本领，因为我没有这样的本领，我靠的是感情。”“我只想把自己的全部感情、全部爱憎消耗干净，然后问心无愧地离开人世。这对我是莫大的幸福，我称之为‘生命的开花’。”

十三、在文瀛湖边的小书店买到《胡绳诗存》，很快读毕。前读《王梦奎随笔》，其记胡绳两文，知人论世，堪称至文。乃知胡绳严谨板正之外，于旧体诗中偶露机趣。如：“不辞齿豁头童日，袒袖振衣学稼耕”（《春晨》，1972年）；“不学庖丁解牛术，弩张剑拔浪称豪”（《文风》三，1972年）；“天命难知频破惑，尘凡多变敢求真”（《八十自寿》，1998年）；“更寓深心常警世，须防骄泰弃前功”（《北京大钟寺》，1996年）。胡诗平易，不用典，诗味寡。

十四、翻商务印书馆《吴宓诗话》。《余生随笔》二十七“张衡玉旅店题壁诗”云：山西张衡玉（瑞玑）大令“吏治文章，有声于时，《旅店题壁》四律，豪迈劲爽，肖其为人。”吴宓此文发表于《清华周刊》，其时他正在清华园读书。张衡玉这首《旅店题壁》作于壬子（1912年），不知当时登于何种报刊，既然能引起一位清华学生的关注，且这位清华学生对诗人很了解，从这一点看，衡玉先生那时在京城的影响已经够大的。查《张瑞玑诗文集》未收这首《旅店题壁》，他日重印时当补入。

十五、读《洪宪记事诗本事簿注》，刘成禺著。山西古籍出版社重印。前有孙文序、跋和章太炎序。刘成禺系武昌人，清季追随孙中山奔走革命，后任国民政府监察院监察委员。我购此书，是看到书中有一篇《张瑞玑诗辑》。所辑者有：《幽燕杂感》十四首，长诗《寒云歌——都门观袁二公子演剧作》，长诗《放歌行——寄郭允叔》，都是歌咏“洪宪时事”之作。刘成禺诗曰：“和介流风柳下尊，都门去去默无言。燕诗并剪翻怜汝，春酒秋花尚有园。”自注云：“赵城张瑞玑衡玉，以名进士权长安县事。结同盟会，谋覆清祚。选参议院议员。帝制议起，衡玉留京，放浪诗酒，谩骂当时，侧目者将入以谋反之罪。予告之曰：‘吾辈开党开国，自有不世之功名，何必葬身虎穴，与含香敷粉者争一日邪正之长耶！’衡玉大悟，日饰酒疯，得养疾归里。”

十六、刘毓庆老师赠《从经学到文学——明代〈诗经〉学史论》，商务印书馆出版，扉页有他的签名，字体圆润秀雅，有乃师姚奠中先生的风神。先读了曹道衡、褚斌杰的序和刘老师的后记。这部专著是刘老师在北京大学的博士论文，从搜集资料到写完初稿，用了半年多时间，每次的借书量都很大，要用自行车推。刘老师说：“这个题目比原先想象的似乎更有价值。对我自己来说，实际上是开辟了一个新的知识领域，而对于当代的《诗经》研究，不仅具有填补空白的意义，而且等于发现了一段长期被埋没的历史。”曹序称：“这次刘毓庆先生花了极大的精力，进行调查研究，使我们对明人在《诗经》学方面的成果有了一个比较清楚的认识，其功绩是十分巨大的，但是刘先生的工作并没有到此为止，他对这些著作都作了深入的研究，并且将这些著作的性质及得失详加论析，把它们分出不同的流派。”褚序称：“刘毓庆君的明代《诗经》学研究，主要依靠他个人筚路蓝缕式的艰苦独立的研究，因此，其填补空缺的创新价值不言而喻。”这样一部专著我能读懂吗？

十七、陈平原《超越“江南之文”——全祖望的为人与为文》，是其明清散文研究专著《从文人之文到学者之文》中的第七讲。大处着眼，颇有见地。他认为全氏能扛得住大题目，其文章风格是“大气”和“芜杂”，这一点深得我心。他说，全祖望的文章“不屑于精雕细刻，如长江大河，浩浩荡荡”，这是其“大气”的一面；“另一方面，过于放任情感奔腾，无暇思考与别择，文章自然显得有点‘芜杂’。”傅山不喜欢欧阳修以后的文章，目之为“江南之文”。全祖望在《阳曲傅先生事略》中，赞同傅山的见解，对“江南之文”也表示不屑并自警，他的文章境界超越了“江南之文”。

关于全祖望文章的“大气”，我见过的还有吾晋大儒郭象升（允叔）阅《鲒埼亭集》时的题跋。他写道：“谢山史学冠世，而文笔有空阔无前气象。”“全先生碑版文字叙述不入古，而勃勃有生气，令读者悦怿不厌，怦怦心动。”“谢山之古文以表率遗民之作为最工，此篇尤神气滂沛，此亦归方一派所未窥之境也。”归有光、方苞一派，都是“江南之文”。复旦大学的刘季高教授在其《斗室文史杂著》中称：“全氏之文，风格高亢，严谨有法，非古文家之文，而是史家之文。”“仿佛周世宗用兵，文章之绝境也。”郭象升、刘季高二位着眼在全祖望的“大气”。至于其“芜杂”，我在陈平原教授的书中第一次见到这样的观点。不过，在我看来“芜杂”是泥沙俱下之象，也是一种自然的美，并非陈教授篇末说的大家之“失”。

十八、读王开学君的《郭象升藏书题跋》。郭象升在《五大家文萃》上写了这样一段话：“余所藏古文家别集多矣，经乱沦失过半……此书原非余有，当余重至太原时，日军以书相还，其间多杂以他家故籍，此其一耳。”薛愈《山西藏书家传略》记载，日伪侵占太原时期，曾将郭氏所藏已散失图书搜集归郭氏住处，共六十余架，约八万余册。郭氏烦闷无聊，只好日夜插架，某书在某架某格第几函第几册，夜间不用灯火，亲自取放，不失原处。我又想起《云舒随笔》手稿中有一文，先写“皇军”，后改为“大军”，因是奉命作文，其忐忑之情、无奈之状毕见。此处题跋不称“大军”“皇军”，而是直称“日军”，我想这才是允叔先生真实的内心世界。允叔任伪职后的情状，于此亦可见一斑。

十九、晚上翻邓广铭《宋史十讲》之论赵匡胤、自传。观其大略亦是读书一法，跟逛商店一样，每个柜台都走走，看中什么了，便停下来仔细瞧瞧，不中意放下，中意了就拿回家去。其自传开头“我，邓广铭，于1907年生于山东北部的临邑县。”如此口吻，说小也小，说大也大，但不管是大是小，唯大成就者才会有的那种自信充盈其间，这点是没有疑问的。又，说他80年代初至90年代初，十年间担任北大中国中古史研究中心主任，“培育出许多名杰出学人，在学术上作出了突出贡献，这是我晚年极感欣慰的一件事。”从政之人亦当如此，为政一方，如果为期不算太短，就应发现、培养、提携一批人才，如此才有望薪火相传。另外该做的便是在制度层面上有所建树。一个培养人，一个立规矩，这两方面做好了，方可称得上长效。

二十、《达尔文回忆录》有一个副标题是：《我的思想和性格的发展回忆录》。该书是商务印书馆“世界名人传记丛书”之一。我在买回来的第二天深夜读完了这本书的正文。附录《达温宅的今昔》粗略看了一遍。我没有特别的感动。这样一位泰山北斗级的伟大人物，回望自己走过的路，徐徐道来，波澜不惊，甚至有些沉闷，琐屑。真正的虚怀若谷，能包容一切。这一册薄薄的小书所能惠及读者的，是著者平静的叙述后面藏着的大智慧、大胸襟。

这部自传与政治不搭界，与国家大事没有任何联系。全书呈现的是一种远离政治的人生状态。他在剑桥大学读了三年书，暑假里采集甲虫，读点书，短期旅行，秋季总是把全部时间专门用来打猎。他说：“我在剑桥大学这三年，可以说是我一生最幸福、最快乐的日子。”随后在贝格尔舰上历时五年的环球航行、科学考察，是达尔文一生的转折。结束航行是1836年，再过四年，中英鸦片战争爆发，达尔文笔下却没有一丝战争的硝烟。他写道：“我一生的乐趣和唯一的工作，就只是科学研究工作。”在中国，一个平民回忆自己的一生，也要放到政治的格局中。中国人无论贤愚，无论庙堂之高、江湖之远，只有在政治的大背景下才能找到自己。

二十一、读李长之《孔子的故事》和《李白传》，前后相隔六年。前者买到后一气儿就读完了，感觉是激情燃烧的学术著作，印象极深。六年后在书店见到《李白传》，也是一拿起来就不愿放下了。李长之的才情，与这种自由随便的叙述风格浑然一体，他不喜欢拘束自己。

二十二、翻读《孙谦文集》。本来是托骏虎在省作协找《大寨英雄谱》，他却送了一套文集。孙谦是一位诚笃、勤奋、务实的老作家，他自觉地把自己融入集体，融入大众。他没有自我，抒写的是组织所需，群众所愿。所有作品都与政治贴得很紧，与生活贴得很近。他是在《讲话》感召下成长起来的一代作家，在深入生活上下过苦功，有着厚实的生活积累，你看那脸上的皱纹，一点儿也不比每天下地劳作的农民少。可惜的是，能成为传世之作的，恐怕只有《大寨英雄谱》了。

难得的是，老了，写不动了，还在反思。

更难的是，头脑清醒，看到了问题的症结，还有说出来、写下来的勇气。

我仿佛看到，一位孜孜矻矻、辛勤耕作的老农，回溯自己走过的路，检点着谷仓里的收获。他无奈地摇摇头，陷入了沉思。他说：

> 1. 深入生活易，理解生活难；描摹表面生活现象易，发觉英雄人物的心灵美更难。(《孙谦作品自选集》简言，1995 年 12 月。三个月后即 1996 年 3 月 5 日病逝)
>
> 2. 赵树理也得和政策打交道，但他不是写政策，而是写政策下活动的人。
>
> 我坦白承认，我没有学到老赵那种不管在任何多变的政策的情况下，歌颂农民的勤劳、善良、诚实而

又幽默的艺术家风度。

一个作者对发生的事物，没有明确的看法，或者在决定国家和人民命运的紧急关头，不敢于表达自己的明确的是非态度，模棱两可，顺水推舟，那么，你的作品如何能打动读者的心灵？

我觉得，赵树理的最伟大处，也是我们最难学到的东西，即是这个。(《反躬自问》，1981年)

3. 我从事戏剧、小说、电影剧本的创作，已经四十余年了，回顾走过的路，真是叫马尾提豆腐，提不起来：舞台剧本演过几场便烟消云散；短篇小说印出后，油墨未干，已被读者遗忘；电影剧本写得倒不少，但拍成的影片只能放映一次。这是为什么？我的文化低，艺术修养差，这当然是个原因，但不是主要原因。干我们这一行的很容易头大，特别在“小有其名”之后，头脑膨胀得简直没地方搁了！在那种头脑膨胀的情况下，我依然沿着老路子走下去。

我不想说吓唬人的话，但我确有痛苦的教训。奉劝年轻一点的同志不要重踏我的老路。如果你不理解你写的人物的光辉品质，你再高喊“用共产主义精神教育人”，也只是一句空话。空话一经揭穿，你便会被人民群众唾弃。

和深入生活相联系的是改造世界观问题。这问题，在相当长的一段时间里是不大提的，而且一提就反感——不说别人，我就很反感过。现在回头看，我犯错误、没有写出好作品的主要症结便在这里。(《谈点教训》，1982 年)

4. 熟悉生活并不等于认识了生活。以赵树理同志为例：1958 年夏秋之交，我写了《一天一夜》鼓吹冒进，而他却在写《套不住的手》和《实干家潘永福》。这不是什么文学修养和写作技巧问题，而属于用什么世界观去观察那一年的所谓的“大跃进”。为什么大家皆醉老赵独醒呢？根源就在于世界观——老赵根本就不相信贫穷落后的中国，能在眨眼之间便奔入所谓的共产主义社会。而我却像喝了迷魂汤，把假象当作现实，连起码的“阶段论”也忘了。(《失误与希望》，1992 年 2 月 21 日)

这些话，恐怕只有孙谦老人才说得出来。

第三辑

书事小记

一

在南宫淘到 1963 年 7 月和 8 月合刊本《人民文学》，素朴、亲切。封面是吴作人的《鹤舞千年》，书中插图也多是名家之作，像华君武为袁水拍的政治讽刺诗配的漫画《时装表演》，吴冠中为杨朔的《海罗衫》插图，黄胄为李若冰的小说插图。这一期还有侯宝林的相声《我在布拉格》。读了杨朔的《海罗衫》，放在今天也是无懈可击的。侯宝林的相声段子也满有味道。

二

早饭后到南宫书摊转悠。很冷。买了广西政协文史资料编辑委员会印的《李宗仁回忆录》上、下两册，没有署著者姓名。我知道著者唐德刚先生对此耿耿于怀了好些年。唐先生的文笔我很喜欢，雄浑恣肆，无远弗届。

又淘到一册枕书的《博物记趣》，上海学林出版社，1985年10月第一版、次年第二次印刷的。书中《茅台酒》《美国“国鸟”白头海雕》等篇皆佳。从前篇知道，名头很响的茅台酒康熙四十年后才有，而且是住在仁怀县茅台镇官盐转运站的秦晋盐商（大概跟今日山西煤老板差不多），专门请酿制汾酒的山西师傅到茅台镇研究酿造的。白头海雕就是凶猛的秃鹰。后篇引李后主赏识的左谏议大夫高越的诗《咏鹰》，卓尔不凡：“雪爪星眸世所稀，摩天专待振毛衣。虞人莫漫张罗网，未肯平原浅草飞。”文中注“虞人”即掌管山泽的官员。枕书即吴德铎，科普名家，十几年前在《新民晚报》注意到他，买过其《博物识小》。其文短小，实学引人，文笔活跃，自奉每篇写作都要“古今中外”都来点。

三

购《张伯驹词集》。1995年夏，从力群老人处幸睹黄永玉先生新出的画册，自费以古椿书屋名义出版，注明“非卖品”。中有《大家张伯驹先生印象》一幅并黄永玉先生八百字题识，言及在北京西郊莫斯科餐厅曾见张伯驹先生喝红菜汤事，曰：“余曾对小儿女云：张先生一生喜爱人间美好事物，尝尽世上酸甜苦辣，富不骄，贫能安，临危不惧，见辱不惊，居然能喝此蹩脚红菜汤，真大忍人也！”印象极深，顿生敬慕。今天在尔雅书店偶见是集，价格奇廉，乐何如之！

四

腊月二十三，平邀人李先生自广州返乡过年，之前方正小友联系他带回张瑞玑一副十字联。我也约好姚国瑾、王震南两位在大南门他们的书法工作室相见，想借他们的法眼辨别真假。只要是真的我就要了。姚国瑾泡了一壶生普洱，茶过数巡，这才看字。卷轴刚打开不到一尺，姚、王两位就示意我买下了。

这哪里只是一副对联？分明是老衡先生百变幻化的真身，我请他到我家里，在书房里与我对坐。晚上外出应酬回来，径入书房看老衡墨宝。联语：“云间陆士龙日下荀鸣鹤；四海习凿齿弥天释道安”。上款一枚闲章，阳文“野哉”，题“集世说及晋书语　应及川先生属”。下款两枚名章，阳文“衡玉”，阴文“瑞玑制印”，题“乙丑初冬□窟野人张瑞玑”。乙丑即民国四年（1915），老衡四十四岁。则这副对联距今九十四年，老衡殁世八十一年了。只是不知道老衡所赠予的“及川”先生是谁呢？

时近年关，装裱书画的作坊都不接活儿了。托震南找南宫一家熟悉的装裱坊，给老衡十字联装上木框，很是虎气，挂在书房，真个是蓬荜生辉！老衡生于1872年腊月十九日，于今一百三十六岁矣。

上网搜到“不避嫌怨斋主”写于2008年6月一文《张瑞玑书法欣赏》，称其“初出鲁公，又能熔裁诸家之长，劲逸飞动，不落俗程。”“他的书法确有很高的成就。”这位斋主曾购得张瑞玑一副对联，联语“刘芳未精崔光未博；臧盾之饮萧介之文”。上款：“集南北史语　书应佐臣兄属”，下款：“民国四年春□窟野人张瑞玑”。此联与我所购十字联出于同一年。

五

早年在县里工作时，经常陪客人去广胜寺，倏忽二十年过去了。今年初冬公差路过洪洞，忽然想去看看家乡的这一处名胜。来到霍山脚下，先是流连于霍泉，见海场依旧，泉水清澈，备感欣慰。上得山来，老远看见潭之已在飞虹塔下的山门前等候。

潭之引着我到各处去看。他兴味最浓、介绍最多的是金石文字，讲起来如数家珍，头头是道，迭有新发现。原来，这两年潭之下很大功夫，搜集整理了广胜寺金石资料和墨书题记，且已汇编成册。《广胜寺金石题记》翔实记录了这座临济宗名刹千百年的风物历史，为寺志编纂、旅游开发提供了便利，对研究山西佛教发展史具有一定的参考价值。有些碑刻堪称精品，可供书法爱好者欣赏。

潭之好古，无师自通，为人谨悫严毅。几年前我在山西大学刘毓庆先生组织的一次集会上见到他，未及深谈，但似乎相互间有一种默契。他住在飞虹塔后面一间低矮的屋子里，冷寂萧然，与禅堂无异，这桩功德便圆成于此。我感念家乡有潭之这样的文化人，长年萧寺孤灯，寂寞度日，孜孜于乡邦文献的保护与传承。谨跋。

2010 年岁末于太原

贺尚长荣先生莅晋

尚长荣先生来了！

尚先生不止一次来过山西。这一回，当我真切地知道，尚先生带着上海京剧院《廉吏于成龙》剧组来太原演出时，心里说：终于来了，祝贺尚先生！

两年前的金秋时节，人民大会堂小礼堂举行了一场豫剧名家的专场演出。我正巧到北京出差，大哥建民带我去看，在那里有幸见到了尚先生。

那场演出，是纪念改革开放三十周年的。尚先生是中国戏剧家协会主席，快七十岁的人了，身着便装，仪态雍容，亲自登台助演。他先唱了一曲《智取威虎山》里“自己的队伍来到面前”，目光如炬，声若黄钟大吕。观众不过瘾，满场的掌声邀请他再唱。尚先生微笑着自报节目，又唱了一曲“装不完卸不尽的上海港”，是《海港》选段。

演出结束，我急切地上前握住尚先生的手，向他问安，祝愿他早日实现到“于公故里”演出《廉吏于成龙》的夙愿。尚先生点着头说:“要去，一定要去!”

早在七八年前，尚先生就开始排演《廉吏于成龙》了。2004年初我给尚先生通信时，顺便问及是否会来山西演出。尚先生在回信中写道:“《廉吏于成龙》在去年已作试演，颇获好评。今正在加工提高，嗣后确实要访问于公离石故里。”

尚先生是极具社会责任感的艺术家，于成龙这个“天下第一廉吏”，让他魂牵梦绕。《廉吏于成龙》正式演出后获得巨大成功，还拍成电影。南北各地，江湖庙堂，好评如潮。尚先生虽然演得过瘾，然而灯火阑珊时，总会蓦地跳出一个念头来：何时到“于公故里”演出？

也许是按捺不住急切的心情，四年前，尚先生特意到于成龙离石故里参访。他找见了于成龙的后人，又在于家旧址一畦菜地里，捧起一抔泥土，带回上海。从此，这一抔泥土，被尚先生放在剧中于成龙随身携带的竹箱里，成为“镇戏之宝”。

生活有时是坚硬的。

而智者总会向坚硬的生活，投去幽默的一瞥。

2007年初春，尚先生和他担任艺术总监的上海京剧院，仅仅以一元人民币，就把他们的呕血之作，出让给吕梁市委宣传部，在于公故里催生了晋剧版《廉吏于成龙》。这样的义举，恐怕至今在梨园行仍是孤例。

而能有这念头，做这等事的，恐怕也只有尚先生和他的团队了。

那几年我因为工作关系，做一点廉政文化方面的事，与吕梁两个晋剧院打过交道。他们都在演移植过来的《廉吏于成龙》。在离石和太原，我不止一次看过这部戏，每次都会想到尚先生，觉得尚先生就像孙悟空，拔根汗毛，变出两个化身，先期飞到“于公故里”来了。

这一回，尚先生果然带着“于公”回来了。11月16日和17日晚上，我看了尚先生在太原工人文化宫的两场演出。他的表演幽默睿智，酣畅淋漓，豪情万丈，极富艺术感染力。

看着台上那位一袭布衣却又气贯长虹，不拒美酒却又惯饮清泉，时常抽着长烟袋，被官场讥之为“于青菜”的臬台大人，我有些恍惚：于公乎？尚公乎？

18日上午9点，在剧组下榻的中财大厦，我如约见到尚先生。

尚先生把准备好的《曹操与杨修》《贞观盛事》和电影版《廉吏于成龙》的光盘，亲手赠送给我。这三部戏，是尚先生极盛时期的三部曲，更是近年来京剧界新编新演的历史剧经典。后者已囊括了戏剧界全部大奖。

来之前，我也想好了送尚先生的礼物：一册名家点校、精装新版的《于成龙集》，书名题签出自姚奠中先生之手。四年前尚先生到离石时，这个点校本尚未印出。

尚先生显然非常高兴。他双手摩挲着墨绿色的书套和封面，说："谢谢！太好了！"那一刻，我眼前叠印出尚先生在于公故里捧起一抔泥土的情景；还有戏到高潮时，于成龙捧着一包又一包泥土，深情忆念十八年来宦历之地的情景。

看着那双明澈的眼睛，我说：

"尚先生，您就是于公。您终于回来了！"

尚先生微笑着说："于公的精神感染全团演员，大家都非常投入。"

又说："我们把这部戏当作'劝世之作'，明天剧组就到离石，演出时还要把于公后人——于演怀请来。"

穿越四百年时空，历史与现实顷刻间融合在一起，亦幻亦真。那，将是怎样的一幕。

于公若是在天有灵，定然会俯瞰吕梁黄河，徘徊良久。

《太原日报》2010年12月1日

《山西日报》2010年12月6日

《欢乐颂》及其他

【题记】观剧、听音乐、看画展、看电影电视，是休闲，也是读另外一种形式的“书”。就跟吃饭一样，吃得越杂，营养越全。可惜我的消化功能不是很好，这方面汲取的养分太少了。

一、听贝多芬的《欢乐颂》，第一个乐句就把我从椅子上抬起来。我欢快地晃动全身，心也随着一起跃动，直到曲终。我想起罗曼·罗兰深挚的赞叹：“一个不幸的人，贫穷、残废、孤独，一个由痛苦造成的人，世界不给他欢乐，他却创造了欢乐来给予世界！他用他的苦难来铸成欢乐，好似他用那句豪言来说明的——那是可以总结他一生，可以成为一切英勇心灵的箴言的：‘用痛苦换来的欢乐’。”

又翻开《傅译传记五种》，傅雷在《贝多芬的作品及其精神》

中讲到“贝多芬与力”，他说：“《第九交响乐》里的欢乐颂歌，又从痛苦与斗争中解放了人，扩大了人。解放与扩大的结果，人与神明迫近，与神明合一。那时候，力就是神，力就是力，无所谓善恶，无所谓冲突，力的两极性消灭了。人已超临了世界，跳出了万劫，生命已经告终，同时已经不朽！这才是欢乐，才是贝多芬式的欢乐！”

“贝多芬式的欢乐”，不是没有痛苦，逃避痛苦（像隐逸者的林泉之乐），而是战胜痛苦后的欢乐，痛苦凝结的欢乐。更不是浮萍，它有根，它的根深植于痛苦之中。“贝多芬式的欢乐”——男人的欢乐！

二、到太原理工大学体育馆听新年音乐会。曲目有莫扎特的歌剧《费加罗的婚礼》序曲，约翰·施特劳斯《蓝色多瑙河》，有《红色娘子军》、小提琴协奏曲《梁祝》等。维也纳华尔兹爱乐乐团演奏。担任指挥的是欧洲著名指挥家、欧洲大师乐团的指挥、美国人兹沃尼米尔哈克。这位指挥家也是乐团的创始人。乐团首席小提琴是一位女士，年轻的埃莱奥诺·雷达蒙。唯一的歌唱家也是一位女士，土耳其的布尔库·库尔特，她的演唱热情奔放，满场喝彩。只是场地太简陋了，难为了艺术家们。场内少有会心的微笑，契合的掌声，尖利的呼哨声、叫喊声实在丢人。省城没有一个标准的音乐厅，大剧院正在建设之中，官方和民间越来越重视交响乐了。

三、央视一套热播电视剧《五星红旗迎风飘扬》。当1964年10月16日我国第一颗原子弹爆炸成功，周总理把这个消息告诉毛泽东时，毛泽东似乎很平静。到了晚上，毛泽东在书房里静坐，终于激情难抑，吟出七年前答李淑一的两句诗来："忽报人间曾伏虎，泪飞顿作倾盆雨。"在这样的时刻，毛泽东最想念的是为革命牺牲的烈士们。睡前翻周振甫的《毛泽东诗词欣赏》，中华书局2010年4月第一版。毛泽东一生作诗词六十七首，书里分正编四十二首，副编二十五首。时下一些官场中人，附庸风雅，卖弄风骚，动辄赋诗若干，寡淡无味，却自鸣得意，实则不入流也。

四、车上听侯宝林相声《阴阳五行》《戏剧与方言》，前者重在讽刺，然有迎合政治之嫌，主题先行，"做"的成分居多。同是讽刺迷信，《买佛龛》则来自生活，符合生活中矛盾的逻辑，听了不知多少遍还是想听，每回都忍俊不禁。《买佛龛》是一幅精妙的漫画，一篇精短的小说。《戏剧与方言》则纯属幽默，跟马三立的《逗你玩儿》一样，超越时空，有恒久魅力。侯的搭档郭全宝，捧哏时的声口、表情、火候恰到好处，无可挑剔。

五、下午到和阳美术馆看徐悲鸿真迹展。对大师的画艺，我这个门外汉不敢赞一词，但题画文字中透出的大师胸襟激荡着我。《麻雀芭蕉》题："廿七春仲，返桂林，写于美术学院，时我军与凶倭鏖战于台儿庄。"再看《疏影》："卅二年始，写与静文清赏。悲鸿时居重庆磐溪中国美术馆，画成而有极壮烈之常德保卫战。"画家并非要去扛枪，或去写露布，当大敌当前，民族危难之际，胸中有战马嘶鸣，画格自然就高了。

六、山东电视台的电视剧《北风那个吹》，反映当年知青生活，一眼就看进去了。牛鲜花、帅子、刘青，单纯热烈，敢爱敢恨，敢作敢当，个性极为鲜明。那个年代并非万马齐喑，到处都有鲜活的人生，他们普普通通却又是大写的男人女人！尤其牛鲜花这位月亮湾村"革委会"主任，美丽善良大方，可敬可亲可爱，她的身上充溢着一种柔美侠义的气概。你看她对帅子这个有污点的知青的挽救和袒护，对刘青这个因坠入爱河而怨怼自己、明显带有个人主义倾向的小妹妹的宽容、教育，这些人性中最美的东西在那个时代的男人和女人身上并不鲜见。三十年了，我们看到最多的是兜售知青的苦难和血泪，很少有谁关心：知青点的父老们当时和现在过着怎样的生活（他们的子孙们如今更多的只能当农民工）。三十年了，我们看到最多的是描述知青们在苦难和血泪中的挣扎、超拔和成功，至少也是回城过上比知青点父老们强过多少倍的生活，很少有谁赞叹：以怜悯宽广的胸怀接纳培养知青的父老们那颗金子般的心！因此我要说，牛鲜花这个形象是一次突破，是还历史真实的一次成功的努力，是对于三十年来“一面倒”的知青文学的一次道德意义上的反拨。我不知道编剧者是否一位知青，倘若是，那么一定是一位有良心有勇气的知青了。还有可喜的是，80后的影视新星们能把那个年代前辈们真善美的形象演得如此明明白白，让人回味，绕梁三日，足见后代与前辈的心灵是相通的。这部电视剧旨在告诉人们，那个年代确有值得我们珍视、珍惜、珍存、珍念的东西在，一概抹煞是不该也是不明智的。

七、途中看电影《一江春水向东流》，感受比三十多年前看时还要强烈。撇开主旨的政治倾向，单说人性的一面，张忠良如不去重庆会否堕落？也许他没有机会，看来人性善恶并不重要，重要的是置身何种环境。好环境，性恶之人也会受到约束；而恶劣环境，性善者也会变坏。这似乎有一定道理，但也禁不住一问：当年红军、八路军、解放军，有多少连长、营长、师长和更大的“长”，不是也跟糟糠之妻离婚，而娶了年轻漂亮的女学生？延安、解放区不是好环境吗？看来重要的还是人性。电影里堕落后的张忠良丑恶无耻到极点了，但回过头来看看现在，丑恶如张忠良者正不可以道里计，他们活得很滋润呢。

八、车上看北京人艺的《无常·女吊》。四个演员，十多个角色，灯光舞美很现代。鲁迅在那个时代剪取的都是灰暗的影子，描写的都是病态的灵魂，灰暗和病态是那个时代巨大的投影。这部小剧场话剧则横跨百年，鲁迅人物（涓生、子君、无常、女吊）是起点，是酵母，从那时出发直通到今天，空间上则阴阳两界都有了。鲁迅时代的灰暗的影子投射到现在，那病态的灵魂也在今天徘徊。这部剧的现实意义在此。胡适也是那个时代的智者，他在西方找到了以为能救世的药方。鲁迅则决绝地在挖病根。

九、上凤凰网看韩国总统朴槿惠在清华大学的演讲。开场白用娴熟的汉语，引用了《管子》中的话："一年之计，莫如树谷；十年之计，莫如树木；百年之计，莫如树人。"这位韩国总统显然是被中国文化"化过"了，古代典籍张口就来。被她引用的还有《中庸》"君子之道，譬如行远必自迩，譬如登高必自卑"，有诸葛亮写给儿子的"非淡泊无以明志，非宁静无以致远"。朴槿惠酷嗜冯友兰的哲学著作，称之为帮助她找到内心平静的生命灯塔。演讲结束，她获赠了一件冯友兰八十九岁时写的书法手迹，内容是王昌龄《芙蓉楼送辛渐》。这件礼物是宗璞先生精心挑选的，因八十五岁高龄的宗璞先生身体不适，无法亲自前来，托冯友兰的学生、清华国学研究院院长陈来转赠。朴槿惠是韩国第一位女总统，此次访华引起中国人的极大关注，文化的作用功莫大焉。冯友兰的哲学著作，不仅拯救了绝望中的朴槿惠，而且成就了这位外表纤弱、内心无比强大的杰出女性。中韩关系翻开新的一页，冯友兰先生，国士也。

十、去南宫看京戏《情殇钟楼》，上海京剧团演出。开演前在贵宾室见到剧团曾团长，得知这出戏是他们从雨果《巴黎圣母院》直接改编的。此前他们把《哈姆雷特》也改编过来，到欧洲去演。今晚的戏，故事放在明代的中州，人物也中国化了，女主角名艾丽雅，敲钟人直呼丑奴。青衣、花脸、小生、老生等演技一流，情节、人物吸引全场观众。随着剧情，看懂了的观众一次次把掌声送给面貌丑陋却是心地善良而又勇气超群的敲钟人，声浪传递着道德的热量。伟大作家所揭示的总是人类永恒的存在，无论美善抑或是丑恶。现实总是令人沮丧。三百年了，西方也罢东方也罢，一代又一代助推着并且惊叹着世界的巨变，而人们的内心又有多少改变？伪善者更其伪善，不过是加了一层时尚的外衣而已。台上演的是历史，也是现实，不知道未来会怎样？女儿坐在身旁看得入神，我祈愿未来是美好的。

十一、在湖滨会堂看舞剧《一把酸枣》。在晋商的背景下，演绎了一曲爱情绝唱。极端的爱情现实生活中稀有，多见于文学、戏剧，可作理想来看。男、女主人公高贵的灵魂，令观者荡气回肠。绵延无际的骆驼队，象征财富滚滚而来，也是人们另一个极端的向往。两个极端同时抵达，不是做梦吗？无论何所取舍都是一场悲剧。剧情超越了特定的历史背景。它与晋商没有必然的联系，可晋商亦可徽商，可今天亦可昨天，可海内亦可海外。情节是抽象的。艺术手段主要是视觉的撞击、娱悦，音乐的成功配置，让人耳目一新。场内爆满，上下呼应，剧已终而客不散，盛况感染着在场的每一个人。十多年来，我在湖滨会堂不下百次开会、观剧，今日盛况为仅见。

十二、凤凰网“非常道”有北京人艺吕中的专访，她说，人把自己认清就活得明白了。吕中独具个性，她的成熟、稳重、善良、文雅，还有修为，让人敬重。忽然想到：人不可能一次认清自己的全部。人在四十岁(不惑)、至晚在五十岁(知天命)以前都需要不断地发现自己，每一次发现都是一次对自己的再认识，也就是再一次地认清自己。每一次的发现(认清)都是一次回归，一次无声的提醒：把自己当作自己。五十岁以后大概只有少数大器晚成者还可以再发现自己吧，像我这样的，似乎不会有什么新发现了。那就坚守吧。

傅山的朱衣

最近在青年宫演艺中心看了谢涛主演的新编晋剧《傅山进京》。今年是傅山诞辰四百周年，把傅山的形象首次搬上晋剧舞台，是太原市实验晋剧院青年剧团的一个贡献。感谢他们编演了一出好戏。

剧中傅山绝意仕清的气节得到充分的展现，他的书画艺术，高超的医术，他创制的太原名吃“头脑儿”，这些都自然地穿插在剧情之中，使舞台形象显得饱满而有情趣。有些剧情，如傅山为了不到宫里去给太皇太后看病而依发辨症，康熙雪夜到圆觉寺以谈论书法为由暗访傅山，还有傅山与早逝的发妻梦中相遇、在玫瑰色的氛围里互诉衷肠，这些离奇的情节虽然于史无证，但似乎又在情理之中。演傅山的著名晋剧表演艺术家谢涛的扮相唱腔极好，加上声光舞美的衬托，戏味足，观赏性强，可谓赏心悦目。这些都是该剧的成功之处。

戏将结束时，傅山将他的一袭朱衣扔到台下，然后乐呵呵、如释重负地和孙儿莲苏一起回山西去了。这个细节我以为是有待商量的。这里隐含的一层意思是:“朱衣道人”傅山在和康熙的一番较量后，互相敬佩，他坚守了大半生的信念动摇了，甚至让他自己给扔掉了。这一关乎傅山大节的举动，与历史事实不符，未敢苟同。

据清初史家全祖望的名文《阳曲傅先生事略》：傅山被抬到京里后，文华殿大学士冯溥(剧中他是丑角)呈请康熙破例，把没有参加博学鸿词科考试的傅山封为中书舍人。傅山拒不谢恩，冯溥让人抬着他进城，傅山“望见午门，泪涔涔下”。这时冯溥又硬拉着他谢恩，傅山“则仆于地”，第二天就回山西了，临走时对前来送他的百官说：以后谁要是把我看作像刘因那样曾事新朝的，我死不瞑目！刘因是宋末元初的理学家、诗人，曾被忽必烈征召入朝，后辞官归家。在傅山眼里，就是这样一个人也是被他引以为耻的，更何况那些弹冠相庆之辈。可见，他扔下的是一句表明心志的话，绝不是具有象征意味的朱衣(论者谓傅山穿朱衣是不忘朱明王朝)。

况且，全祖望的文章里说得明白，六年后傅山去世，“以朱衣黄冠殓”。

傅山穿朱衣、戴黄冠，过起道士生活，始于甲申。因为这年十月清军攻下太原，下令汉人剃发。正在寿阳一带避乱的傅山，就近拜五峰寺的郭还阳为师，出家当了道士。这一年他三十七岁。就这样过了四十年，一直到死他都没有丝毫转移其坚卓的心志。数百年来傅山的伟岸形象大半得自于此。所以我赞成陈平原教授在《超越"江南之文"》中对他的评价："对于气节之士来说，慷慨赴死易，在漫长的岁月里坚守寂寞，拒绝功名富贵的诱惑，是很难的。没有异乎常人的意志与定力，根本做不到。"

准此，傅山是不会扔掉朱衣的。

若是像剧中那样早早地就把朱衣扔掉，那么等到入殓的时候他穿什么呢？

还有一点，剧中傅山第一次上场是在双塔寺看完戏后，先闻其声，后见其人。随着谢涛一声韵味十足的道白，舞台两侧的字幕上出现了"姚大哥，讨饶了"六个字。此处"讨饶了"应是"叨扰了"之误。"姚大哥"是有所据的，便是傅山写的那个被鲁迅称之为"语极萧散有味"的帖子。既然"姚大哥"请看戏，以傅山之雅，只可说是"叨扰"；"讨饶"就说不通了。这是极小的一点瑕疵，很多观众都会看出来的。我掬诚以告，只是希望这部精心编排的傅山戏更完美些。

我热爱傅山，也喜欢晋剧。

《太原日报》2007年9月10日

屐痕杂拾

【题记】人生须读有字之书，亦须读无字之书。太史公十岁诵古文，二十岁以后停止古文经传的诵读，从京师长安启程，出武关，经南阳，浮于沅湘，南登庐山；游历江南之后，又渡江北上，访淮阴，谒孔庙，觅大梁。正是这次长途漫游，使之得名山大川、燕赵豪俊之助，“故其文疏荡，颇有奇气”。吾辈高山仰止，心向往之。

华　山

6点半吃早饭。天朗气清，绝好的天气。进得山门，乘索道上北峰。前天刚下过一场雪，背阴处积雪盈尺，石磴铺着一层薄冰。洁净，清爽，怡人身心。到了中峰又攀了东峰（观日处）。千山万壑，尽收眼底。问世间何事，值得挂怀？南峰最高，最险，雪最厚，冰最坚。西峰少趣味。于是下山。罗曼·罗兰说过：从巨人身上，可以“变换一下肺中的呼吸和脉管中的血流”。我想，还应该加上名山大川。

少林寺

去少林寺、龙门石窟。少林无奇处，唯达摩洞引我神往，奈何同行者无一趣味投合，洞又遥遥悬于山坡之上，终不得亲瞻。龙门有十寺，香山数第一，白居易墓园即在此山，与龙门石窟隔伊水相望，然因上述原因，仍未能拜谒凭吊。高山仰止，景行行止。如今足履胜境而交臂失之，憾何如也！

苏　州

苏州会议中心的西侧，有一粉墙黛瓦的矮门洞。进得门来，一条长长的甬道直通后面，两边高树成行。东侧有一棵古树，看标牌名朴树，编号为“沧 028”。此地属沧浪区，这棵树该是沧浪区保护的第二十八棵古树。树下一辆出租车，司机是位中年男人，很友善。见我是外地人，便问：“知道这是什么地方吗？”我笑着摇摇头。他告诉我，这是当年国民党江苏省高等法院旧址，“七君子”就是在这里审判的。我心里轻轻震了一下，想到那几个著名的人物。小桥、流水，是苏州的特征。此地人雅，再小的一座桥也会起个名字，乐村桥、公和桥……我这样在道前街漫步，心里想着：阊门在哪儿？唐伯虎的桃花坞在哪儿？章氏国学讲习会在哪儿？

离石汉画像

参观“离石汉画像石博物馆”。匾额出自冯其庸之手，博物馆气势恢宏，格调庄严，称得上离石一处标志性建筑。陈列其中的是东汉末年西河郡（即今离石一带）太守的墓室雕刻。人、物、车、马、鸟、兽，简洁明快的线条，向我们传递着两千年前的消息。大汉遗韵，千古绝响。鲁迅初寓北平，日日以摹汉唐碑刻排遣寂寞。我想他哪里是在排遣寂寞，分明是从那一笔一画、一起一落间，揣摩汉唐的气魄，吸纳沉雄的血脉。

南岳“忠烈祠”

早饭后往南岳。在山脚下一家土菜馆吃过午饭，汽车沿柏油路一直盘到祝融峰。植被极好。石砌小径完好无损，高高低低、弯弯曲曲地延伸着。摇钱树光秃秃没有一片叶子。同根生、连理枝上苍苔厚厚地裹了一层。磨镜台上的一栋二层石头房子，当年是何键的别墅。抗战中蒋介石在这里主持召开过四次最高军事会议。办公桌、皮沙发、防空洞里的破椅子、电话机，见证了那一段民族抗战的历史。在巍峨苍秀的南岳，最使我怦然心动的，是香炉峰下挂着蒋中正亲笔题写的“忠烈祠”。祠内供奉着张自忠、赵登禹等抗战中壮烈殉国的将领。青山有幸慰忠魂。五岳中的其他四岳我都去过了，今天登南岳圆了我多年的登岳梦。五岳中唯有南岳因“忠烈祠”而庄严、静穆。下山已经傍黑了。吃饭时与湖南的朋友喝酒闲聊。我觉得近现代湖南人与外省人最大的不同，就是以天下为己任，曾国藩、谭嗣同、杨度、毛泽东……无不如此。杨度的《湖南少年歌》有两句豪情干日月的诗：“若道中华国果亡，除非湖南人尽死。”最具有代表性。

未名湖畔

上午集体去香山，在双清别墅留影。午后大家去颐和园，颉师傅送我从西门进了北大，在校园里转悠了两个小时。

因是周日，三角地颇热闹，文学社团《北社》《我们》在招新的社团成员。两边都有个头不高、聪慧外溢的女生在推介，使我联想到卓文君当垆卖酒的情景来。前者是诗文辞社，崇尚“魏晋风骨、汉唐文章”，由北大中文系研究生 2002 年发起，中文系主办，袁行霈为学术顾问，卢永璘、钱志熙任指导老师。后者是综合性文学期刊，创刊十一年了，由北京大学“我们”文学社主办，谢冕、钱理群为学术顾问，曹文轩、吴晓东任指导老师。两下里都说经费如何紧张，我表示不加入社团却想买一册刊物，如何？她们笑了，很得意的样子。价格好像商量好的，都是五元一本。我一样买了一本，不只是赞助，确实想看看。

在三角地小商店看到署名杨俊的一幅字，标价一万元，内容是齐白石联句“纸窗忽暗知云过；梅影初来觉月移”。白石老人专精如此，应是到京后住在辟才胡同铁栅三间屋里的真实写照吧。

往北，一座高大建筑上有邓小平题写的“北京大学图书馆”，进入门厅，迎面是江泽民题的“百年书城”。再往里看见严复的铜像坐在中央，但不能挨近了，须持有效证件刷卡才可通行。在此留影后，拐进左侧大厅看“高作民画展”。

出图书馆北行便是未名湖、博雅塔了。还好，经一位老者和中年保洁工指引，很快就找到斯诺墓了。墓地极简朴清雅，像主人生前在延安时的装束。一块不大的汉白玉碑上，用中英文刻着叶剑英元帅题写的碑文：“中国人民的美国朋友埃德加·斯诺之墓”。碑座是一块普通的青石，好像刚刚长出地面。忘了带一束鲜花来献，也无法燃烟代香，只虔敬地绕着墓地走了一周，俯下身去照了几张相。不断有年轻人过来，看墓碑，照相。斯诺逝世三十六年了，看来他不会寂寞的。

在这百年校园里，在未名湖畔，我看到这样的一景。当我在湖边寻觅斯诺墓时，来到重修的慈济寺前，见一位穿黄马甲、戴黄帽的中年保洁工，正坐在门洞里歇息，便上前打问。他抬起头往左边偏了偏。我的目光顺着他偏指的方向穿过门洞，看见不远处一块汉白玉石碑。回头向他道谢才发现，他两只手正展开一本厚厚的岳麓书社出版的那种精装的《三国志演义》，在专注地看着。我心里怦然一动，悄然退后几步，举起相机，拍下这一幕北大保洁工读书图。从斯诺墓下来，那位保洁工还在读，清洁车停放在路边。我又隔着门洞把他和他的清洁车一起摄入镜头。我若是《新京报》记者，会把这幅照片放大，发在明天的头版上。

西花厅

车号已报过，大哥建民和我从中南海北门进去，来到两扇敞着的旧铁门前。警卫局的同志示意我们往里走。绕过一丛修竹，就看见一座宽大的庭院，正面高台上雕梁画栋，有一块白底黑字的匾额，上书“西花厅”三字。两位工作人员很礼貌客气地打开西花厅的门，给我们介绍。从西花厅出来，又参观了周总理锻炼的乒乓球室，一位书画家正在球台上写字。靠墙角有个巨大的地球仪，也是周总理用过的。办公室的门锁着，只能隔着窗玻璃看见办公桌、三部电话、沙发、书柜等。工作人员说办公室的毛地毯是周总理原来用过的，怕别人进去踩脏了，所以常年关着门。于是我们套上白色塑料膜脚套，进到会客厅。大哥指着靠墙的大穿衣镜说："你看，正衣冠！"便给我在大穿衣镜前照了相。又参观了餐厅、洗理处。返回时又经过办公室，我有些不甘心，就对工作人员说："您可不可以打开办公室门，我就站在门口看看？"工作人员迟疑一下便打开了，我和大哥站在门口探身往里看。我见挨着门槛的地上铺着一条绿色化纤地毯，知道不是原物，便踩到上面去，大哥让我站好照了一张相。又指给我看一个深色箱子，上面镌着"鲁迅全集"。

从周总理办公室出来，告别工作人员，我们才松一口气，在院子里徜徉。西花厅前那两株西府海棠经了一夜风雨，落英满地。哲人已逝，风范永在。西花厅若是能够开放，可以教育激励多少后人！

汪山土库

上午往南昌市北的新建县。这里有一个民间称为"江南小朝廷"的汪山土库，距南昌市区四十五公里。汪山是个小村子，位于鄱阳湖西汊的汪山岗上。土库的建筑特点是，外墙采用青砖立斗灌泥，墙内侧定磉立柱用来承重。外面看上去，青砖黛瓦，封火山墙，蔚为壮观。在里面走，庭院深深，巷道纵横，天井朗朗。这是清代中后期江南的一个望族，相延百余年。当地人最简括的赞叹是“一门三督抚，五里六翰林”，三个大红顶子在清中叶同出一门，也真是荣极耀极了。陪同者告诉我们，林则徐、曾国藩、翁同□与汪山土库程氏家族过从甚密，都曾来过这里。单是看建筑，鄱阳湖畔的这一处“江南小朝廷”，除了文化气息很浓外，没有半点奢华。不像我们太行山那边的诸多豪宅，处处会熏得你止不住想要抬手掩鼻。从汪山土库出来，沿梅岭去石鼻参观千年古镇。雨一直下着，打着雨伞，穿行在石板巷，别有一番滋味,想到了戴望舒的《雨巷》。

风雪云冈

塞上冬来早，风雪满古城。上午冒雪去云冈。御河东路的雪被风刮跑了。进了汉阙，张焯领我们直接到了云冈写经院。写经院位于灵岩寺桥北的东侧，一座幽静的四合院。院长人很精干，穿着单薄的西装。院子中间的石塔据说是元代的。北房是写经的场所。张焯让我们看了新开发的北魏大方砚，形制独特，用河北易县的玉带石，人工雕成。

西房门楣上挂着“藏经”的牌匾，正面书柜里整齐地摆放着精装的佛经。我看到里面有厚厚一册白文本的《黄侃手批十三经》，便请主人取出来翻看。得知这书是主人小时候跟一位赵先生学习时用的。赵先生清华大学毕业，是吴晗的学生，对大同的历史文化研究倾注了许多心血。

我们冒雪往石窟方向走。风很大，雪花飞舞，我穿着防寒衣，又戴着连衣帽，顶着风向前。抬头望着大佛，顷刻间心里一片肃然。大佛微露神秘的笑意，平静地看着远方。我想，大佛就这样端坐着，将一千五百年的人世沧桑收入眼底，不管风晨霜夕，不管雨雪迷蒙。庄严啊，伟大啊！我们在大佛前合了影。张焯与大佛厮混惯了，敢开玩笑。他说，我有什么重要事情需要抉择，就来大佛这里，要是看见“老汉儿”不高兴，这事就放下了，不能办。说完笑起来，很开心的样子。我扭过头看大佛，只见大佛依然微露笑意，平静地看着远方。游客极少，只有一两拨，一看就是旅行社组织的，行程如此，只能冒着风雪。像我们专拣这风雪天来的，怕是没有吧。倒也不虚此行，别有一种意趣。

东城墙下

晚饭后到东城墙下散步，在拓跋宏、冯太后雕像前流连。这两个人真了不起，前者活了三十二岁，实际执政才九年，后者执政二十五年，享年不过四十八岁。两人都是二十三岁执政，却共同缔造了一个伟大王朝。拓跋宏更了不起的是，向被战胜者的先进文化学习，说汉话、穿汉服、改汉姓、习汉俗（应是如此，尚未见到相关资料），穿越雁门关，迁都洛阳。一边全方位推进汉化，一边又把鲜卑族的狂野之风带给汉人，使胡汉融为一体。在大同这块土地上，先人们早在一千六百年前就摒弃了狭隘、封闭、保守，选择了开放、辽阔、宏大。证诸山川风物，如北岳恒山，云冈大佛，上下华严寺，莫不与此种精神相契合。这或许是人与自然、与社会在对话交际中相互激励融合的结果。不管本地人或是外地人，你只要在这里生活过，或者从这里走出去，都该是大气的，该有一股雄风。唯此才对得起这块土地。

五台两日

下高速路后径往佛光寺。路两边的暴马丁香，盛开着一朵一朵的白花。佛光寺在豆村，真是千年古刹！殿前两株高大的古松，树皮如铁，日精月华萃于其间，遂抱着古松留影。旭光说这座大殿是一个洪洞人出资建的，觉得很新奇，便请导游详细介绍。始知这位洪洞老乡名叫宁公遇，是宫廷里的一位贵妇，大殿的一侧有一尊气度不凡的塑像便是她。来之前已经知道，这座大殿是20世纪30年代梁思成、林徽因发现后公之于众的，当时即震惊世界，说明现存最早的“唐构”在中国，而非日本奈良的唐招提寺。记得看过梁思成和林徽因那时一张在大殿梁上的照片，我问是在哪根梁上，工作人员指给我看，就是大殿正中的那根。佛光寺院里有高大的丁香树，都在百年以上。牡丹也开得正艳。

次日早饭后往中台。中台海拔两千九百多米，车程四十多分钟。山顶上很冷，一下车就穿上借来的深蓝色防寒服。住持寂泯师傅引着我们感受雄浑大山，蓝天白云，和绿草间点缀着小黄花的冻土层。我们朝着东面的群山、沟壑大喊几声，似乎在与天地对话。茫茫天地之间，人是何其渺小啊！下山途中停了几次车看风景。青山托举着蓝天白云，黄色马群悠闲地吃着青草，这景色真美！

下午往清凉阁。从后门进去，仰首看见佛学院北端一座正在施工新建的佛塔，周身搭着脚手架。艳阳下，佛塔气势更显恢宏，环绕着塔尖的是蓝天白云。两位工匠正在专注地打磨雕梁。一尊又一尊洁白的玉雕佛像，背对行人，端坐在工地上。往里走，迎面一道青砖灰瓦、墙头起伏的矮墙，中间是月洞门，门额一块扇形的青石板上浮刻着“清凉阁”三个金字，字体端肃劲健，该是出自梦参大和尚之手。穿过月洞门，是一个宽大的院子和一栋小楼。悄然上到二层，便听见一个洪亮的声音。透过宽敞明亮的玻璃窗，只见梦参大和尚正端坐在长桌后面，居高临下，梭巡着席地而坐的满堂信众。信众们凝神谛听，有的双手合十。

“你们大老远地来了五台山，光是看风景，那就白来了。还应该干什么？还应该学智慧！学什么智慧？了一生一死！”大和尚面色红润，皓齿亮目，中气十足，不断地重复着“了一生一死”，声音从胸腔发出，满堂回响。

在竹林寺见到妙江大和尚。坐在宽大的客堂里，我请大和尚开示求智慧的法门。结果小叩大鸣，大和尚讲了许多。最后他把所讲的内容归结为四个字：转识成智。应我之请，大和尚很随意洒脱地在整张宣纸上写下这四个字。从客堂出来，大和尚右臂一挥，指向南山满目青翠和蓝天白云，说：“你看，这多好！”我思忖其中的玄机，想起陶弘景的“山中何所有，岭上多白云”，便念出声来。念完说：“合个影吧。”大和尚笑着答应了。照完南山的青翠和蓝天白云，大和尚又指着客堂前黄灿灿的金莲花，用浓重的晋北口音说：“在那儿也照上个相。”

毕加索的画

墨尔本维多利亚艺术中心有中国艺术馆，从一块中文牌上得知，早在1862年，维多利亚国立美术馆就开始收藏中国艺术品了。展品中有青铜器、铜镜、玉器、陶器，还有上海百岁国画名家朱屺瞻的几幅画。在这里我第一次看到毕加索的真迹，三幅速写和一幅油画《流泪的女人》。面对真迹仿佛面对一个活力迸射的生命体，可感可触，甚至可以呼吸。我对印象派的画一向懵懂，今天面对这《流泪的女人》，似乎悟到一点什么，于是站在画前留了影。

潮中钓者

早晨4点40分醒来。枕上看见海天相连处闪着一道霞光，霞光越来越亮，海面上金波荡漾。十分钟就走到沙滩了，白沙细软，跟绵白糖似的。澳人三三两两在沙滩上走着，远处有更多的人在冲浪。潮水似千军万马滚滚而来，顷刻间又悄然退去，每一波都千姿百态，变化无穷。我靠近海潮，好几次被潮峰压倒，重重地跌在沙滩上。近处有个脸色黝黑的老渔翁，右手拿着长长的钓竿，左手正把一条银色的鳊鱼从钓钩摘下来，放进鱼篓。趋前一看，鱼篓里已经有好几条鱼了。趁他捏好鱼食又要去甩竿，我请他合了个影。潮涨潮落，万马奔腾，他如何能把得住钓竿？又如何能感觉到鱼来上钩？我想到欧阳修笔下的卖油翁。这里一定有什么玄机。沙滩出入口有自来水，我冲洗掉腿上脚上的白沙，便回来吃早餐。

悉尼港湾大桥

早晨6点半起床，走上悉尼港湾大桥。从北往南，大桥中央的钢铁部分，我走了一千三百六十八步。人行道在大桥的西侧，澳人穿着短衣裤、运动鞋在桥上跑步锻炼。年轻人跑得大汗淋漓，年纪大一些的多是步履轻健地走着。与人行道平行的另一侧，是自行车道。那边多是“驴友”，头盔下一个个猫腰蹬车，鱼贯而行。澳洲人特别喜欢健身，入澳半月，所见澳人无不健壮，脚下仿佛安着弹簧，颇能发力。即如耄耋老人，也是面色红润，眼睛明亮，精神抖擞，绝无萎靡之态。

人行道和自行车道中间有八个车道，两条铁路。正是上班高峰，小汽车、巴士、摩托车风驰电掣，城际列车一辆又一辆呼啸而过。这座气势雄伟的大桥，始建于1923年，九年后建成。据说连接大桥全身钢板钢架的，有三千多万个铆钉，八十年间只换过十八个。从桥中间向下看，悉尼湾别是一番景象。蔚蓝的海水闪着金光，悉尼歌剧院巨大的贝壳浮在水面，仿佛在波光中翕动。

歌德的国度

经过十个小时的飞行，我们乘坐的国航 747 班机降落在法兰克福机场。机场老旧，刚刚下了一场雪，天气清冷。出关后，汉诺威中国中心的一辆蓝色双层大巴，顶着寒风缓缓驶来。我们山西省行政监察与公务员管理培训团一行十四人，开始了为期二十一天的德国培训。培训日程安排得很紧，内容丰富，受益匪浅。这方面的收获，我已悉数写入参与起草的培训团《赴德国行政监察与公务员管理培训考察报告》。

此次出访，全团同志都是第一次到德国，我和几位同志又是初出国门，一股子新鲜劲儿。课余时间我们相约外出，去感受德意志，可谓目不暇接，兴会良多，略记于此。

去特里尔

上午 9 点离开宾馆，乘车向西，前往马克思的故乡——特里尔。这一带是丘陵山区，白雪覆盖着田野，灌木丛、乔木林错落有致，从林上飘落的积雪煞是好看。山坡上的葡萄园，修整得像跑道一样整齐，似乎在向远方的客人彰显德国人认真和精细的品格。间或有一两只乌鸦，舒缓地扇着翅膀飞过。飞得很低，若是我们从大巴二层的玻璃窗探出手去，没准儿就会踩在谁的掌心来觅食。

眼前掠过一个又一个村庄，几乎每个村庄都有一个尖顶教堂，那是村子里最高的建筑。似乎在告诉人们，教堂是这片村落的精神高地，掌管着人们的灵魂。临行前大哥建民送我一册赵鑫珊的《心游德意志》，书中对德国的乡村教堂有精妙的论述。偶尔还能看见谁家的屋顶上冒着白烟。

远处是风电场，轮叶在白色的地平线上转动。白色的太阳正穿越云层，出没无定，使得原本灰暗的天空，忽而露出怡人的蓝色斑块，灰暗的云层霎时幻化成洁白的云絮了。哦，欧洲的太阳，德国的太阳，特里尔的太阳。大家兴奋起来："马克思主义的真理像太阳一样，是挡不住的。""特里尔的太阳出来了，欢迎从中国来的客人。"

到了，这就是特里尔。两千年前，这里是一座城堡，现在我们看到遗存下来唯一的建筑，就是青石堆叠的、在惨烈的战争中被通体烧过的"黑门"，据说被列为世遗了。穿过"黑门"往里走，圣诞节的气氛氤氲着，一座稍显热闹但绝不嘈杂的城镇。没有高层建筑，街道两边的建筑或粉白、或浅黄，洁净如洗。

一切都是有序的。汽车穿梭，听不见一声喇叭，更没有警灯闪烁，警报炸响。没有交警。十字路口的红绿灯竖在路边，才一人多高，车辆行人，谁都能看见，自觉遵守。路边顺序停放的，路上顺序行驶的，满眼所见，大都是极普通的两厢家用车。偶然看见一块墓地，十字架也很低，墓碑紧贴着地面，虽在路边，却有一种宁静安谧的气氛。严谨、守法，低调、务实，不声张，不攀比，不炫耀，处处彰显着德国人的内在品质。

马克思故居临着一条小街，是一栋普通的三层建筑，中间有个很小的天井。每层都有展览，最后的内容是关于中国共产党和毛泽东、邓小平等的介绍。介绍邓小平的，是一幅邓小平和朱德、彭德怀等人 1938 年初在八路军总部——山西省洪洞县马牧村的合影，看了不禁怦然心动。几天后我们在柏林，又冒着雨雪拜谒了马恩广场那尊一坐一站的马克思、恩格斯雕像，依然是怀着崇敬的心情。

莱布尼兹大学

汉诺威是下萨克森州的首府，五十二万人口，市区有几个城市小森林，形成天然氧吧，空气很好。每天我们去汉诺威中国中心上课时，都要经过那个小森林。

汉诺威中国中心位于一幢灰色大楼的底层，门口赫然挂着一块“孔子学院”的铜牌。从主人提供的一份宣传资料上了解到，汉诺威中国中心成立于1997年，它是一个公益性协会，隶属于州政府经济部和教育部，为中德之间的经济、科学和文化交流起着重要的作用。

17世纪，德国哲学家和科学家、发现微积分的莱布尼兹出生在汉诺威。为了纪念他，前两年汉诺威大学更名为莱布尼兹大学。我们在暮色中参观了这所没有围墙的著名大学。莱布尼兹曾在下萨克森州倡导东西方文化的交流，并对孔子思想有过研究。汉诺威中国中心及其名下的孔子学院，继承了这一传统。

汉诺威孔子学院是同济大学和汉诺威中国中心联合办的。孔子学院有一间三十多平方米的教室，我们在汉诺威期间，每天就来这里上课。靠墙一排简易书架上，放着中文书籍，有二十五史，茅盾、老舍的文集，《汉语大词典》等。还有景泰蓝、屏风摆件、中国结，房顶上吊着两个小号的宫灯。学院还有一间图书室，大都是语言类的书籍，还有《鲁迅全集》，邓广铭治史丛稿，《中国大百科全书》等。

有一天课间休息，我敲开孔子学院办公室的门，向一位中国女士简单了解孔子学院的运作机制和日常工作。又从墙上的宣传画得知，今年孔子学院成功举办了蔡元培生平事迹展览、王安忆作品朗诵会。

勃兰特和俾斯麦

德国的中餐馆都有一些免费赠阅的中文报纸。有些明显是敌对势力的腔调，有些则值得看看。

有一天中午，我在一份报纸的显著位置看见一张黑白照片：一个中年人双膝跪地，神情庄重虔诚，他后面的人群惊愕肃立。照片的左上角有个标题——《震撼世界的下跪》。说的是1970年，上任不久的西德总理勃兰特，来到华沙犹太人纪念碑前，献上花圈，把黑红黄的彩带整理好，然后凝视着纪念碑退后几步，在冰凉的风中，突然双腿下跪，表示深深的忏悔。第二天，勃兰特下跪的照片刊登在世界各大报纸的头版上。三十年后，为了纪念勃兰特促进波德两国和解所作出的伟大贡献，波兰人把纪念碑附近的一个广场命名为勃兰特广场。

德国人的反思精神令世界赞叹。以此为镜，更能照出今天日本右翼的狰狞面孔。

德国的冬季，天黑得早。我们到汉堡那天才下午4时，却已是万家灯火的黄昏时分了。薄暮中看见一座教堂，翻译小单说，那是尼古拉教堂的废墟，二战中被盟军炸毁一部分，留下这废墟，为的是让后人记住战争的残酷。

汉堡是德国第二大城市，一百七十多万人口，也是德国最大的港口。易北河从这里向西北一百公里就入北海了。在港口，我们看见不远处停泊着一艘灯火通明、像泰坦尼克号的巨大客轮。来到市中心，湖边的圣诞市场煞是热闹。朦胧中看见一座高高耸立、气势非凡的雕像，翻译小单说那是在德国历史上可圈可点的铁血宰相俾斯麦，他一百年前制定的世界上第一部劳动保护法现在还在施行。汽车正在拐弯，我急速地从大巴的玻璃窗望过去，只见那位矗立着的铁血宰相，正威风凛凛地注视着港口，注视着易北河，注视着百公里之外的北海和茫茫世界。

勃兰特和俾斯麦都是伟大的德国人。之所以堪称伟大，是因为他们生前能够把握未来，死后又能使历史变得鲜活可亲，让后人追忆。

在博物馆里

德国是汽车王国，课余时间，我们参观了大众、奔驰、宝马几个汽车博物馆。奔驰博物馆在山城斯图加特，几层楼高的博物馆称得上震撼、辉煌。在这里我们见到了 1886 年生产的世界上第一辆小汽车，还有第一辆卡车，第一辆公共汽车，深为德国的工业文明惊叹。另一家博物馆则让我们感到惊异。

那是在汉诺威的最后一天，我们在驻地听完弗瑞斯教授的课，乘车去汉诺威博物馆参观。刚进门，就被一种奇异的景象吸引住了：墙上挂着两两相对的大幅照片，相框里两幅照片都是同一个人，所不同的是，左面那个人看上去很精神，右面的则耷拉着眼皮。一问才知道，那耷拉眼皮的，是在心脏停止跳动的瞬间拍摄的。博物馆这样的展览的确独具匠心，若是给这个展厅挂块牌子，该叫“生死之间”吧。德国是哲学王国，这种展览举世罕见，发人深思，它使人们顷刻间警醒，更加珍惜活着的每一天。

在汉诺威博物馆，我们还看到战后重建时的艰辛。大家对战后靠两只手清理废墟的伟大的德国妇女，充满了敬意。

回收塑料瓶

在德国，我们所到之处都能感到，德国人做事低调，务实严谨，不尚奢华，极有秩序，特别遵守交通规则。夜晚极少看见景观灯、霓虹灯，路灯也很简单，办公楼、住宅区、宾馆饭店装饰简朴，大都是简易桌椅、简易沙发，一切都以实用、坚固、大方为宜。德国人诚实、守法，公务员永远成不了百万富翁。

从设在柏林的“透明国际”总部出来，我们一行即冒着雨雪前往不莱梅。这是一次长途跋涉，出发前，翻译小单在超市买了一些零食、矿泉水，以备路上所需。每人拿到一小瓶塑料包装的矿泉水后，小单说，德国是个资源贫乏的国家，为了回收塑料瓶，定了一条规则：一小瓶矿泉水，水卖一点二欧元，塑料瓶押金二点五欧元，任何一个超市都可以退塑料瓶押金。说完又叮咛大家，喝完水把塑料瓶放到车座旁边的白色塑料袋里，司机就收走退给路边的超市了。这规则真是了不起！

德国人有很强的社会责任感。给我们讲课的不莱梅大学教授多布瓦先生，参加“透明国际”组织的工作，并担任不莱梅地方组组长。为此他每年要向“透明国际”组织缴纳八十欧元会费。在他看来，“透明国际”组织的反腐败工作是一项神圣的事业，他愿意把自己的全部薪金拿出来投入这项事业。我不禁对这位高挑个儿、六十开外、举止随便、有些顽皮的老头儿，肃然起敬了。

离开不莱梅的前一天，又下了一场大雪。我们都担心是否会滞留下来。第二天上路后，大家的担心即刻被兴奋和吃惊取代了，高速路上的积雪居然全部被清理干净！就连联邦公路也清理了，偶然还能看见黄色的清雪车在清理路边的积雪。如此之高的公共管理水平，在国内是不可想象的。谁都知道，国内遇上这样一场大雪，高速公路早就关闭了。

一点缺憾

出国前就想，到了德国一定要设法去趟魏玛，瞻仰歌德的遗迹。我上大学时接触过《浮士德》片段，还买了一本《少年维特之烦恼》。1986 年在蒲县买到一本《歌德抒情诗选》。歌德对中国的感情特别吸引我，那时就知道，在魏玛图书馆的院子里有一株银杏树，相传是歌德亲手栽下的，他为此还写了一首短诗《二裂叶银杏》。诗的前两节是这样的:“从东方移到我园中的／这棵树木的叶子／含有一种神秘的意义／使识者感到欣喜。//它是一个生命的本体／在自己内部分离／还是两者相互间选择／被人看成为一体?”因为喜欢这首诗，我在一次远距离的旅途中，还给大家背诵了一遍，并讲了与这首诗有关的故事。遗憾的是，魏玛始终没有去成。听汉诺威中国中心项目部经理王原先生说，魏玛图书馆三年前被一场大火烧掉了，不知那棵银杏树是否幸免于劫。回国前虽在歌德故乡法兰克福逗留，终因时间紧，没去瞻仰市区的歌德故居。要说这次德国之行有什么缺憾，便要数这一件了。

不过，当飞机离开地面，我看着舷窗外渐行渐远的法兰克福，心里不禁默诵着《二裂叶银杏》的最后一节："我发现了真正的含义／这样回答很恰当／你岂没有从我的诗里／看到我是一，又成双?"歌德理想中的世界，既是一体的，又是多元的。一百八十多年前伟大诗人的这种思想和情感，与我们的时代精神和世界愿景正相契合。

飞机升到万米高空，在夜色中飞向东方。

《山西日报》2011 年 3 月 14 日

后　记

收入本集的文字，大多与读书有关。

第一辑记人，有前贤也有时彦。第二辑除独立成篇者外，其余文字或随手写在书上，或从日记中摘出，属于书话一类。第三辑是另外一种形式的“读”，即出游、观剧、听音乐、看画展时的心得。

自知才拙，数十年奉公修己，未敢稍懈。工作之余读点文史，偶尔动动笔，既是修己，也益于奉公。为文皆出之以诚。编此集时我寄居的小院有两棵香椿树，集名“双椿”，乃纪实也。

感谢李骏虎、续小强和为出版这本小书费心的各位朋友！

卫洪平

2014 年 2 月 4 日　立春